In flagranti – auf frischer Tat …

Das Titelbild steht in keinem Zusammenhang mit dem Inhalt des Buches.

1. Auflage 04/2009

E-Mail: info@stephenson.de
Internet: www.stephenson.de
Druck: Norhaven A/S, DK-8800 Viborg
Printed in Denmark

ISBN 978-3-7986-0285-4
0145564 0000 • 240 Seiten

In flagranti
– auf frischer Tat …

Inhalt

Unmoralischer Arztbesuch 7
Die schöne Diebin 17
Der Solist 31
Die Fahrradtour 45
Wie du mir … 55
Gleiches Recht … 65
Erwischt! 79
Hemmungslose Lust 89
Im Hotel 101
Zu früh zurück … 115
Absolut obszön … 125
PC-Absturz mit Folgen 139
Der sexy Mitbewohner 153
Überrascht! 167
Vorstellung wider Willen 177
Wenn der Hafer sticht … 191
Starpotenzial 199
Dirty Sex 209
Susanne 219
Überraschung mit Folgen 227

Unmoralischer Arztbesuch

Dave Vandenberg

Meine Zahnschmerzen wurden schlimmer. Seit Tagen quälte ich mich damit herum. Und konnte mich dennoch nicht entschließen, zum Zahnarzt zu gehen. Weil ich wusste, was auf mich zukommen würde. Ich brauchte eine neue Krone an einem meiner Backenzähne. Das war nicht nur eine längere und unangenehme Sitzung, sondern ich würde auch gehörig dazubezahlen müssen. Das war bis jetzt Grund genug gewesen, nicht zum Zahnarzt zu gehen und den Schmerz auszuhalten. Doch ich fürchtete, ich würde es nicht weiter hinauszögern können.

Als ich wieder mal vor Zahnschmerzen die halbe Nacht nicht schlafen konnte, rief ich am nächsten Morgen bei einem Zahnarzt an, der mir empfohlen worden war, und da ich offensichtlich so ein akuter Fall war, konnte ich noch am selben Tag vorbeikommen.

Eigentlich war ich recht robust, hart im Nehmen und relativ schmerzunempfindlich. Aber wie so viele Menschen hatte auch ich geradezu schwachsinnige Angst vorm Zahnarzt. Nervös lag ich auf dem Behandlungsstuhl und wartete ergeben, meine Hände um die kalten Armlehnen geklammert, auf das Schmerzvolle, was da ohne Zweifel auf mich zukommen würde. Die Zahnarzthelferin, ein junges Ding mit arroganten Bewegungen, lächelte mich ohne Mitleid an. Meine Schmerzen waren eigentlich gar nicht mehr so schlimm, redete ich mir ein und überlegte gerade ernsthaft, doch wieder zu gehen, als sich die Tür öffnete und der „Herr in Weiß“ hereinkam.

Sofort war mir klar, warum mir meine Bekannte gerade diesen Zahnarzt so ans Herz gelegt hatte. Er war schätzungsweise Mitte 30, schlank gewachsen, mit schönen braunen Augen und feingliedrigen Fingern. Er sah gut aus. Männlich. Eine Art von Typ, bei dem ich schon öfters sehr schwach geworden war. Er drückte meine Hand mit dem richtigen Druck, nicht zu schwach, nicht zu stark, und lächelte freundlich. Ich erklärte ihm zögernd, welche Probleme mich plagten, dann öffnete ich brav meinen Mund und ließ ihn eine Diagnose stellen. Es wurde eine vernichtende, ebenso schmerzhafte wie teure Diagnose. Zehn Minuten später wusste ich, dass ich definitiv eine neue Krone haben musste. Dieses kleine weiße Ding sollte mich um die 280 Euro kosten. Eigenanteil, versteht sich. Das war fast genau die Summe, die mir auf meinem Konto sowieso schon fehlte. Danach würde ich komplett pleite sein …

Was blieb mir anderes übrig? Ich ließ Bohrung und Abdruck und Röntgenbild tapfer über mich ergehen, doch es gab viele Momente, in denen mir einzig und allein der Blick in seine ach so schönen Augen weiterhalf, der männliche Geruch, den er ausströmte, oder einfach seine Nähe …

Wie gerne wäre ich wieder zu ihm gegangen, wenn der Anlass nicht ganz so unangenehm gewesen wäre! Als das Pochen in meinem Wurzelkanal nachließ, fing ich an, von ihm zu träumen. Es waren natürlich sexuelle Träume, die mich da beschäftigten. Verdorbene Phantasien, in denen er mein erotischer Held war. In denen er meine etwas verwegenen Wünsche befriedigte und meine Gier nach dem besonderen Kick stillte.

Mein Herz schlug schnell aus Furcht vor dem Schmerz und von der Aufregung, ihm wiederzubegegnen, als ich erneut in den Behandlungsstuhl stieg. Ich hatte das Gefühl, die Zahnarzthelferin sah mich noch gnadenloser an als beim letzten Mal. Blöde Kuh, dachte ich genervt. Was hätte ich darum gegeben, mit dem Zahnarzt alleine sein zu können.

In meinen Gedanken verließ sie das Zimmer und ich war dann auch relativ entspannt, als er hereinkam. Er drückte meine Hand sehr fürsorglich und fragte mich, ob alles soweit okay wäre, ob ich mich gut fühlte und ob ich über den Schock der Kosten ein wenig hinweggekommen wäre. Was für ein freundlicher Mann! Ich seufzte ein wenig dramatisch und dann fragte ich das, was ich in den letzten Tagen ständig mit mir herumgetragen hatte. Erst nachts, wenn ich geträumt und dann auch tagsüber, wenn ich phantasiert hatte.

Als es heraus war, wurde ich rot vor Scham und hoffte inständig, er hätte die gleichen Bedürfnisse wie ich, zumindest in diesem Moment. Er sah mich nachdenklich an, dann nickte er.

„Warum eigentlich nicht? Ich muss ja nicht für alles eine Rechnung ausstellen."

Sein Lächeln wärmte mein Herz.

„Entspannen Sie sich. Wir werden uns schon einig werden über die Kosten Ihrer Behandlung."

Ich lächelte zufrieden, entspannte mich sichtlich und wartete nur noch darauf, dass er mich anfassen würde. Dann endlich lag seine Hand auf meinem Oberschenkel. Er schob meinen Rock hoch und pfiff leise, als er meine edlen schwarzen Strapshalter sah. Seine Finger strichen ausgiebig über meine Haut zwischen Strumpf und Leiste. Er zwinkerte mir zu und schob den Rock so weit hoch, bis er entdecken durfte, dass ich keinen Slip trug. Natürlich hatte ich mich für diesen besonderen Zahnarztbesuch ausgiebig vorbereitet. Meine Aufregung hatte sich schon längst bis in meinen Schritt ausgebreitet. Als er mit dem Finger sacht auf Entdeckungsreise ging, erstaunte ihn meine deutliche Feuchtigkeit.

„Öffne deine Bluse!"

So schnell hatte ich wohl noch nie meine Blusenknöpfe für einen Mann geöffnet. Ich ließ mir auf die Finger schauen und dann auf meinen edlen schwarzen BH. Den, der mit kleinen Röschen bestickt war.

„Zeig mir deine Brüste!"

Ich schob meine Brüste zusammen und sah ihn provozierend an. Seine Bisse in meine Nippel jagten mir lustvolle Schauer durch den Körper.

Als er gleichzeitig mit seinen Fingern in meinem Schoß nach meiner erregten Erhebung suchte, seufzte ich wollüstig auf und öffnete mich für ihn, so weit das auf dem engen Behandlungsstuhl möglich war.

Es lief ab wie in meinen Vorstellungen. Er nahm einen kleinen Spiegel und hielt ihn zwischen meine Schenkel. Noch nie hatte jemand meine Lust so intensiv betrachtet, so ganz aus der Nähe. Sein zitternder Seufzer schürte meine Geilheit erst recht. Ich wollte, dass er sehen konnte, wie es um mich stand, wie sehr er mich erregte. Wie hemmungslos ich ihm gestattete, mich zu genießen. Er ließ sich Zeit, mich zu betrachten, mich mit einem Finger zu massieren und jede kleinste Veränderung meiner Lust in dem Spiegel fachmännisch zu studieren. Ich griff durch die offene Armlehne des unbequemen Zahnarztstuhls hindurch nach der sichtbaren Ausbeulung seiner weißen Hose und drückte die vielversprechende Wölbung, bis er seufzte und sich endlich zu mir herunterbeugte, um meinen Mund mit seiner Zunge zu öffnen. Ich zappelte und wand mich unter seinem heißen Atem und der deutlich intensiver werdenden Liebkosung, die meine Vagina erhitzte und mir einzelne, wärmer werdende Schauer durch den Körper jagte. Meine Nippel richteten sich ungeniert auf, mein Bauch straffte sich und meine Schenkel zitterten schamlos vor Lust.

Er half mir, seinen Reißverschluss aufzuziehen, und schob meine Hand in seinen Slip hinein. Das kräftige Glied, das sich so geschickt hinter seiner dicken Arzthose versteckt hatte, pulsierte lebenslustig und erwartungsvoll. Unsere Lippen sogen sich aneinander fest.

Ganz nebenbei fing mein Zahn an zu pochen. Es störte mich nicht. Dieser Mann schmeckte so gut ... Er steigerte meine Lust darauf, ihn zu genießen, zu vernaschen, zu kosten. Meine Finger umklammerten seinen Penis und massierten diese warmen Hoden, die voller Leben steckten und es kaum noch abwarten konnten, ihren Part zum Liebesspiel beizutragen, während er meine Klitoris so verwöhnte und erregte, dass ich schon lange vor meinem eigentlichen Orgasmus viele Momente kleiner ekstatischer Ausbrüche hatte.

Ich stieß meine erregten Laute in seinen Mund hinein und spürte, wie sich der Druck in seinem Glied verstärkte. Ich umklammerte es noch fester. Bewegte es in alle Richtungen. Ich hätte sanfter damit umgehen können, aber ich fühlte, er wollte es genauso haben und nicht anders. Auf der Spitze seiner Männlichkeit wurde es langsam feucht. Ich fühlte, wie sich zarte Tropfen bildeten. Seine Lust ließ sich kaum noch zurückhalten. Sie wollte herausschießen, in meine Hand, sich zwischen meinen Fingern verteilen und unaufhörlich weiterrinnen.

Wir waren beide bereit für den erotischen Akt auf seinem Behandlungsstuhl ...

Seine Berührungen vertieften sich. Fast schmerzhaft drückte er auf meine Perle. Ich bäumte mich auf und konnte unbeherrschtes Stöhnen nicht mehr unterdrücken. Sollte seine Helferin mich doch hören! Sie hätte hereinkommen, uns sehen können, so intim, und wahrscheinlich wäre sie vor Neid erblasst. Und dieses Mal wäre mein Blick ohne Mitleid gewesen.

Ich schaffte es irgendwie, meine Beine über die Armlehnen zu schieben und spürte selig, wie durch diese Position mein Lustpunkt noch sensibler wurde. Ekstase durchflutete ihn, er zuckte, zum Ausbruch bereit. Meine Brustwarzen zogen sich zusammen, Gänsehaut bedeckte meinen Oberkörper. Ich schloss die Augen, als sich mein Zahnarzt geschickt zwischen meine Knie schob, mit halb heruntergelassener Hose und hastig beiseite gezerrtem Slip.

Ich ließ mich in dieser unmöglichen Stellung und dieser unglaublichen Situation mit einer Gelassenheit erobern, die mich selbst verblüffte. Ich war selbstbewusst und wusste genau, dass ich bekommen würde, was ich wollte.

Sein Glied war dick und hatte genau die richtige Länge für mich. Es tauchte fast vertikal in mich hinein und setzte jeden meiner Unterleibsnerven, waren sie auch noch so unsensibel, in Brand. Es kribbelte und vibrierte in meinem Schoß. Ich packte seinen Hintern mit beiden Händen und drückte sein Geschlecht unverschämt tief in mich hinein. Unsere Zungen hatten sich ineinander verschlungen. Es war unmöglich, sie voneinander zu lösen. Unsere Lippen prallten immer wieder aufeinander. Unsere Zähne trafen sich unvorsichtig. Es war ein wilder kurzer Akt, der meine Sinne in Flammen setzte. Ich flüsterte ihm die schmutzigsten Phantasien ins Ohr und ließ mir mit verdorbenen Ausschweifungen antworten. Alles schien sich zu überschlagen. Und dann, plötzlich und unerwartet …

Die Tür zum Behandlungsraum öffnete sich. Mit einem lauten Ruck. Ohne anzuklopfen trat zuerst die arrogante Zahnarzthelferin herein, hinter ihr schoben sich die beiden anderen ins Zimmer. Sie blieben wie angewurzelt stehen und starrten uns an mit offenem Mund, konnten ganz bestimmt nicht glauben, was sie da sahen. Ich genoss den verwirrten Ausdruck in ihren Gesichtern sehr und lächelte siegesbewusst. Mein Liebesgott in Weiß sah nur ganz kurz auf und trieb seinen Freudenstab noch tiefer in mich hinein. Sein Gesicht zuckte vor Wollust. Er wirkte mittlerweile völlig entrückt. Und selbst wenn ich es gewollt hätte, hätte ich unseren Akt zu diesem Zeitpunkt wohl kaum noch unterbrechen können. Nicht gerade jetzt, als sich mein Zahnarzt bereits auf der Zielgeraden zum Höhepunkt befand und auch ich im Endspurt, dicht hinter ihm.

Die Frauen zogen sich blass und verlegen wieder zurück und ich kam fast gleichzeitig mit meinem Gott in Weiß ins ekstatische Ziel.

Das unangenehme Ziehen ließ allmählich nach. Ich sah auf die Uhr. Es hatte eine halbe Stunde gedauert, mir eine neue Krone aufzusetzen. Das Lächeln der Zahnarzthelferin wirkte nicht mehr ganz so arrogant wie zu Anfang, ihr Blick strahlte sogar ein wenig Bewunderung aus. So kam es mir vor. Oder vielleicht hatte ich mich schon an ihre Ausstrahlung gewöhnt. Der Zahnarzt war immer noch die Ruhe selbst, wirkte kein bisschen angespannt oder gar müde nach dieser Behandlung. Belustigt und frustriert musste ich mir eingestehen, dass sich dieser phantastische sexuelle Akt nur in meinem Kopf abgespielt hatte, nur meiner erotischen Phantasie entsprungen war. Ich hatte meinem Zahnarzt nicht anstelle meines Eigenanteils meinen Körper angeboten. Nichts war passiert. Ich würde die Behandlung bezahlen müssen. Aber diese Phantasie hatte mir zumindest die Zeit der Behandlung recht angenehm verkürzt.

Und träumen konnte ich natürlich auch weiterhin von ihm, dem göttlichen Mann in Weiß. Ich seufzte, als ich mich aus dem Behandlungsstuhl erhob. Das Leben war manchmal einfach ungerecht …

Die schöne Diebin

Angie Bee

Der Hausdetektiv nahm eine Dose Bohnen in die Hand und tat, als würde er das Kleingedruckte darauf lesen. An der Dose vorbei beobachtete er die junge Frau. Sie stand im nächsten Gang und klaute wie ein Rabe. Sehr geschickt! Wäre sie ihm nicht durch ihre Schönheit aufgefallen, hätte Jan Petersen nicht besonders auf sie geachtet. Sie passte so überhaupt nicht in das gewöhnliche „Täterprofil", hatte nicht mal eine große Tasche dabei. Und doch …

In den Taschen ihres Rocks verschwand so einiges an Kleinkram. Wie nannte man das noch mal? Surfer-Look? Jan konnte sich nicht mehr genau erinnern, Mode war ihm ziemlich unwichtig. Aber die Kleine hier sah wirklich süß aus: Zum kurzen Rock trug sie flache Ledersandalen, ihre Beine waren lang, nicht dürr – das mochte er sowieso nicht – sondern schlank und muskulös. Sie war braun gebrannt, trug zu dem Rock ein Top, und ihre sonnengebleichten hellbraunen Haare fielen ihr in großen Wellen über die schlanken Schultern. Auf dem Kopf hatte sie ein Base-Cap, was es ihr ermöglichte, ihre ständig umherhuschenden Augen zu verbergen. Wie alt mochte sie sein? Jan konnte schlecht schätzen, aber auf die 20 dürfte sie schon zugehen. Er hatte sie beobachtet, wie sie Kaugummipackungen, Haargummis, Lip- und Eyeliner einsteckte, überschlug die Summe im Kopf und kam auf zirka 30 Euro. Dafür riskierte sie es, erwischt zu werden!?

Jan ließ der Schönen einen kleinen Vorsprung, bevor er sich wieder an ihre Fersen heftete. Er selbst war mit seiner stattlichen Körpergröße von 1,90 Meter gut gebaut und ebenfalls von der Sonne leicht gebräunt, auch nicht ganz unauffällig. Jan sah sogar ausgesprochen gut aus und war das, was man auch als Womanizer bezeichnete. Dabei bemühte er sich nicht einmal besonders darum, Frauen aufzureißen. Vielmehr kam er einfach extrem gut an. Vielleicht brachte auch seine eher zurückhaltende Art die Damenwelt dazu, sich um ihn zu scharren. Wo auch immer er auftauchte – Jan war Hahn im Korb.

Doch momentan interessierte ihn das wenig; jetzt wollte er die Unbekannte erst einmal auf frischer Tat ertappen! Als er sich ihr wieder unauffällig näherte, stellte er fest, dass ihre Rocktaschen noch ausgebeulter schienen als zuvor. Warum klaute sie bloß? Nicht nur ihr Motiv interessierte Jan, er war inzwischen auch neugierig auf die Person an sich geworden. Augenscheinlich hatte sie ihren Beutezug beendet und schlenderte, getarnt mit einer großen Schachtel Corn Flakes, zum Kassenbereich. Kurz bevor sie sich in eine Schlange einreihen konnte, trat Jan auf sie zu.

„Entschuldigen Sie. Würden Sie einen Augenblick mitkommen?“

Erstaunt drehte sie sich zu ihm um. Ihre riesigen braunen Augen waren wunderschön. Gekonnt klimperte sie mit ihren langen Wimpern und blickte ihn dabei fragend an.

„Warum denn?“

Eine leicht raue Stimme – sexy!, schoss es Jan durch den Kopf. Er zückte seinen Detektivausweis.

„Ich glaube, in Ihren Taschen steckt einiges, was ich gern mal sehen würde! Kommen Sie bitte mit.“

Er versuchte seinen Worten eine gewisse Strenge zu verleihen.

„Wie? Wollen Sie vielleicht behaupten, ich hätte etwas gestohlen?“ Ihre Stimme wurde schrill.

Die Menschen an den Kassen begannen neugierig die Köpfe zu verdrehen. Jan trat einen Schritt auf sie zu.

„Bitte machen Sie keine Szene. Kommen Sie einfach mit. Oder wollen Sie warten, bis die Polizei hier auftaucht?“

Er nahm ein nervöses Zucken um ihren Mund wahr. Sie schlug die Augen nieder und machte keine Anstalten mehr, sich zu widersetzen. Mit hängenden Armen trottete sie neben ihm her in sein kleines Büro, in dem ein Tisch und zwei Stühle standen. Dort blieb sie stehen.

„So. Würden Sie nun bitte Ihre Taschen leeren? Oder soll ich das machen?“

„Nein, nein. Schon gut“, antwortete sie und begann den Inhalt auf den Tisch zu legen. Donnerwetter!, fuhr es Jan durch den Kopf, da war ja wirklich manches zusammengekommen.

„Warum haben Sie das gemacht?“ Er starrte sie an. Sie blickte stur zurück.

„Ich meine, warum hat ein so hübsches Mädchen wie Sie das nötig?“

„Oh!“ Ein völlig unpassendes Strahlen huschte über ihr schönes Gesicht.

„Ich gefalle Ihnen?“ Unglaublich! In dieser für sie unangenehmen Situation dachte sie ans Flirten. Ihr plötzlich auftauchendes Selbstbewusstsein warf Jan etwas aus der Bahn.

„Äh, ja, … Sie sind eine attraktive junge Frau.“ Während er das sagte, ließ er seinen Blick ihren Körper entlangwandern. Wow! Unter ihrem sehr engen Top zeichnete sich eine beachtliche Oberweite ab. Hatte er bis jetzt noch gar nicht bemerkt. Unerwarteterweise begann sich sein bester Freund zu regen. Jan fühlte, wie es in seinen Lenden zuckte. Völlig daneben, dachte er verärgert und räusperte sich.

„Hm. Also schön. Haben Sie einen Ausweis dabei?“ Er versuchte seine Irritation zu überspielen.

„Ja“, sagte sie und reichte ihm ihren Personalausweis. Dabei berührten ihre Finger wie zufällig seine Hand. Oder war das etwa Absicht? Der zarte Körperkontakt war für Jan wie ein elektrischer Schlag. Er musste sich der Tatsache wohl stellen, dass diese äußerst attraktive Diebin eine enorme Anziehungskraft auf ihn ausübte. Sie hieß Laura und war 21, das konnte Jan ihren Papieren entnehmen. Laura rutschte näher an ihn heran. Jan konnte ihren Duft einatmen, eine Mischung aus einem leichten Parfüm und Sommer. Sie roch verdammt gut.

„Jetzt kennen Sie meinen Namen. Darf ich auch Ihren wissen? Ich konnte es auf Ihrem Ausweis vorhin nicht so schnell lesen."

Sie blickte ihn mit einem bezirzenden Augenaufschlag eindringlich an. Diesem weiblichen Blick von schräg unten herauf hatte Jan noch nie gut widerstehen können.

„Jan Petersen", nuschelte er.

„Also Jan."

Sie grinste zufrieden, spürte wahrscheinlich inzwischen seine Unsicherheit. Wie geschickt hatte sie die Lage umgedreht! Sie hatte quasi in seinem eigenen Film die Regie übernommen. Nun legte sie ihm eine Hand auf den Arm. In Jans Hose entstand derweil eine große Beule. Nein, er konnte es nicht mehr leugnen. Er hatte Lust! Lust auf ein Stelldichein mit dieser hübschen Diebin. Es entwickelte sich alles ganz anders, als er es gewohnt war. Was genau wollte sie von ihm? Laura kam dicht an Jan heran.

„Jan. Wir sind doch zwei erwachsene Menschen. Können wir diesen … meinen kleinen harmlosen Fauxpas nicht unter uns regeln? Davon muss doch niemand was wissen – oder?"

Ihre Brust berührte seinen Körper. Jan spürte, wie sein Puls schneller schlug. Dieses Früchtchen! Konnte er überhaupt noch Nein sagen? Zu so einem überaus attraktiven Angebot?

„Wie stellen Sie sich das vor – Laura?“, fragte er rau, obwohl er die Antwort bereits kannte.

„Wir spielen ein kleines Spiel zusammen.“

Ihre Stimme klang belustigt, siegessicher und einschmeichelnd zugleich. Jan hatte keine Chance mehr. Zu allem Überfluss trat sie einen Schritt zurück, zog langsam die Träger ihres Tops herunter und präsentierte Jan ihre blanke Oberweite in ihrer ganzen Natürlichkeit. Jan keuchte auf. Wunderschön sahen sie aus, diese runden großen Brüste mit ihren dunklen Brustspitzen, die sich ihm bereits hart entgegenreckten.

„Komm und berühr mich“, hauchte Laura einladend. Sie ergriff Jans Hände und legte sie auf ihren Busen. Jans Bester schwoll weiter an. Der Mann konnte seine Finger auf dieser herrlichen Oberweite nicht ruhighalten und begann sie zu massieren. Laura schloss genießerisch die Augen und legte den Kopf in den Nacken. Dann entwich ihr ein leises Stöhnen. Nun war es um Jans Selbstbeherrschung geschehen. Er beugte sich herunter und ließ die zarten Knospen ihrer Brust durch seine Finger gleiten. Dann küsste er sie und saugte leicht an ihnen.

„Oh, Jan, mach weiter!“, seufzte seine Gespielin und fuhr mit ihren Händen über ihren Schoß. Der Detektiv glitt mit seinem Mund an Lauras Top herunter, lüpfte es leicht auf Bauchnabelhöhe an und ließ seine Zunge in ihrem Nabel verschwinden. Sie hatte einen flachen durchtrainierten Bauch. Der reinste Sahnehappen, serviert auf einem Silbertablett, dachte Jan noch. Dann konnte er keinen Gedanken mehr fassen. Leicht keuchend schob er Lauras kurzen Rock nach oben. Sie trug einen winzigen String, der, das konnte Jan genau erkennen, bereits feucht schimmerte.

Auch Laura würde ihren Spaß bei der Sache haben, so viel stand fest. Geräuschvoll atmete sie aus, als Jan seinen Zeigefinger direkt an ihrer empfindlichsten Stelle ansetzte. Vorsichtig streichelte er ihre aufgerichtete Klit durch den Stoff des Höschens. Lauras Atem ging schneller. Auch Jan wurde durch diese Szene extrem angetörnt. Sein Penis drückte gegen den Stoff seiner Jeans. Langsam ließ Jan die Spitze seines Fingers über Lauras Lust streifen, hoch und wieder herunter. Lauras Knie knickten leicht ein.

„Ohhh, das … ja, das ist genau richtig!“, stöhnte sie, bevor sie ganz in die Knie ging und sich mit hochgezogenem Rock auf den kleinen Tisch setzte. Dann schnappte sie sich Jans Hosenbund und zog den Mann zu sich heran. Flink öffneten ihre Finger Jans Hose. Schon währenddessen musste der Detektiv stöhnen. Dieses Biest! Und wie es zufällig immer wieder gegen sein Zepter stieß. Das machte ihn wild!

Von der Hose und seinen Shorts befreit, sprang sein Bester Laura liebesbereit entgegen. Auch hier war Jan gut ausgestattet.

„Das sieht doch bestens aus“, bemerkte Laura leise, bevor sie begann, den Zauberstab mit sanften Fingern zu massieren. Jan stöhnte lauter. Die junge Frau hielt sich nicht lange mit Fingerarbeit auf. Sie ließ ihre Zungenspitze über die samtige Eichel tanzen und glitt mit ihren warmen Lippen an seinem Penisstamm auf und ab. Jetzt war es an Jan, weiche Knie zu bekommen. Doch Laura ließ so schnell nicht locker. Ihre Lippen verwöhnten Jans besten Freund intensiv. Jan keuchte und stöhnte und spürte, wie es bereits heiß in ihm aufwallte. Er würde nicht lange durchhalten, bis … Nein, nun war er wieder dran. Er befreite sich aus Lauras scharfer Liebkosung und ging vor dem Tisch in die Knie. Dann zog er die junge Frau an der Hüfte zu sich heran. Erst glitt Jan mit seiner Zungenspitze von außen über Lauras String, dann schob er den feuchten Stoff zur Seite und traf direkt auf ihre geschwollene Perle.

Laut stöhnend wand sich Laura unter Jans Attacke. Plötzlich stoppte sie und zog sich mit hektischer Geste den String vom Körper. Weit spreizte sie ihre Beine und zeigte Jan wollüstig, wo er weitermachen sollte. Das ließ der Detektiv sich nicht zwei Mal sagen! Mit breiter Zunge leckte er über Lauras heiße Mitte und brachte sie dazu, sich ihm keuchend und um mehr bettelnd entgegenzustemmen. Auch Jan wollte mehr. Er brachte seinen Harten in Position, setzte seine Eichel direkt an Lauras Liebeszone an und drang in sie ein. Selten hatte Jan so etwas Geiles erlebt! Wie die Ankunft im Paradies erschien ihm die Vereinigung mit der jungen Frau. Diese schlang ihre langen Beine um Jan und zog ihn, so eng es ging, an sich heran. Laura stöhnte und bewegte ihren Unterkörper rhythmisch hin und her. Dabei rieb ihre Perle heftig an Jans Schaft. Jan spürte das Pochen in seinem Inneren. Es konnte nicht mehr lange dauern – doch was war das?

Plötzlich klopfte es leise an die Tür. Dann wurde sie geöffnet. Jan und Laura verharrten erschrocken in ihrer Position. Ein blonder Lockenkopf wurde im Türspalt sichtbar, dem eine attraktive Blondine in Bluse und knappen sexy Shorts folgte.

„Oh, entschuldigen Sie … äh“, stotterte sie erst, um sich dann grinsend durch die Tür zu schieben.

„Störe ich etwa? Hier scheint es ja, hm, eine kleine Party zu geben.“

Jan wurde knallrot. Wie peinlich, von der zweiten Hausdetektivin in flagranti erwischt zu werden! Hätte Wendy heute nicht eigentlich frei gehabt?, schoss es ihm durch den Kopf. Laura hingegen blieb ziemlich gelassen. Sie richtete sich auf, sah Wendy kurz an und meinte: „Hey, eine flotte Biene fehlt uns noch. Los, mach mit!“

Sie rutschte vom Tisch herunter, ging auf Wendy zu und nahm sie bei der Hand. Jans Kollegin schien Gefallen daran zu finden. Als Laura ihren Kopf in beide Hände nahm und ihr einen heißen Kuss gab, leistete sie keinen Widerstand. Im Gegenteil. Sie erwiderte den Kuss auf das Schärfste. Was war denn hier los? Jan fasste es nicht! Hatte sein Bester vor Schreck eben noch einen freien Fall nach unten hingelegt, richtete er sich in Sekundenschnelle wieder auf. Jan starrte die beiden Ladys gebannt an. Das war so ziemlich das Schärfste, was ihm je passiert war! Sein Puls stieg. Er beobachtete, wie Wendy und Laura sich gegenseitig streichelten. In Windeseile hatte Laura Wendys Bluse aufgeknöpft und sich über die kleinen festen Brüste seiner Kollegin hergemacht. Laura saugte an Wendys Brustwarzen und Jan sah, wie sich diese steil aufrichteten. Wendy hielt sich erst gar nicht bei Lauras Brüsten auf. Ihre Hände glitten sofort unter den kurzen Rock, der wieder etwas heruntergerutscht war. Jan konnte zusehen, wie ihre Hände geschickt in der Pospalte Lauras verschwanden und sich dort von hinten an deren Klitoris zu schaffen machten.

Laura begann wieder zu stöhnen, liebkoste jedoch weiter Wendys Brust. Nun fand Wendys Hand den Eingang zu Lauras Lustpforte und drang mit einem Finger in sie ein. Laura stöhnte lauter „Jaaahh, jaaahh" und Jan konnte nicht anders: Er stellte sich hinter die Kollegin, öffnete blind ihre Shorts und ließ diese einfach zu Boden fallen. Ach, schau mal an! Das scharfe Stück trug kein Höschen! Jans Penis pochte heiß. Er drückte seinen Besten gegen Wendys Po, die seiner Aufforderung sofort nachkam und leicht die Beine spreizte.

Mit den Fingern ertastete Jan, wie feucht ihre Venus bereits war. Sie antwortete darauf mit einem heiseren Keuchen, das sich in einen begeisterten Aufschrei verwandelte, als er sein Zepter in ihr versenkte. Wendy glühte! Das konnte nicht lange gut gehen. Jan brauchte nur einige wenige Bewegungen, die seine Kollegin mit verzückten Schreien untermalte, dann kam es ihm. Ohne sich noch einmal bremsen zu können, ergoss er sich stöhnend in ihr. In Jans Ohren rauschte das Blut. Er zog sich aus Wendy zurück, doch ihm wurde keine lange Pause gegönnt. Die beiden Frauen gingen dazu über, sich erneut innig und scharf zu küssen. Ein geiles Bild war das, fand Jan.

Wendy stand dort auf ihren High Heels, die Bluse geöffnet, den BH bis unter die Brust gezogen, so dass der Busen auf das Schönste hervorgehoben wurde. Unten herum war sie nackt. Laura hingegen hatte das Top ebenfalls bis unter ihren Busen gezogen. Ihre wunderschönen prallen Brüste ragten weit über das Oberteil hinaus und wackelten sexy bei jeder kleinsten Bewegung. Lauras Rock hatte Wendy nach oben geschoben und Jan hatte freie Sicht auf ihre rasierte Scham und ihren Po.

Erstaunt stellte Jan fest, dass sich sein Stab erneut regte, während die beiden Frauen dazu übergingen, sich wieder gegenseitig zwischen den Beinen zu streicheln. Sie stöhnten auf, liebkosten sich, massierten ihre Perlen und raubten Jan beinahe die Sinne. Dann ließen sie sich gleichzeitg auf dem Boden nieder. Wendy legte sich auf den Rücken, Laura beugte sich über ihren Schoß. Ihre Zunge tanzte über Wendys Mitte und sorgte dafür, dass die Frau schneller und lauter keuchte. Jan wollte wieder mitmischen, sein Bester war bereit für Runde Nummer zwei. Er kniete sich hinter Laura, die ihm auffordernd ihren Po entgegenstreckte. Jan drang erneut in sie ein, während Laura Wendy weiter zwischen den Beinen verwöhnte. Es verging nicht mehr viel Zeit, bis alle drei stöhnend und lustvoll schreiend von einer heißen Orgasmuswelle überschwemmt wurden …

„Das war gut!“ Wendy richtete sich auf, zog ihre Kleidung zurecht und schlüpfte in ihre Shorts. Zufrieden, aber noch immer äußerst verblüfft über das Erlebte, zog auch Jan sich wieder an.

„Na, hab ich meine ‘Schulden’ beglichen?“ Laura grinste Jan frech an.

„Das war unglaublich!“, murmelte Jan und blickte ihr in die Augen. Er beobachtete, wie sie ihren Busen wieder einpackte und den Rock herunterzog.

„Dein … äh … Höschen …“ Mit spitzen Fingern hob Jan den filigranen Slip auf.

„Den darfst du behalten. Brauch ich jetzt nicht mehr!“ Jan schluckte.

„Brauchst du jetzt nicht mehr …?“ Er blickte sie fragend an. Lauras Mundwinkel zuckten.

„Ach, ja, hatte ich vergessen: Darf ich vorstellen? Wendy, meine beste Freundin. Jan, dein Kollege!“ Als Jan beinahe die Augen aus dem Kopf fielen, brachen die zwei Frauen in schallendes Gelächter aus.

„Das war … geplant? Oh no!“ Jan schlug sich mit der Hand an die Stirn.

„Genau! Wendy erzählte mir von ihrem neuen scharfen Kollegen und da beschlossen wir, dich mal gemeinsam zu vernaschen. Und, Herr Petersen, was den Slip angeht: Bringen Sie den doch heute Abend mit, wenn Sie Wendy und mich auf ein Glas Wein besuchen – bei mir zu Hause!“

Laura drückte dem entgeisterten Detektiv ihre Visitenkarte in die Hand, dann verließen die beiden Frauen, immer noch lachend, sein Büro.

Der Solist

Marie Sonnenfeld

Sehr gern wollte er wieder einmal tief in die enge Mitte seiner Freundin eintauchen. Sehr gern wieder einmal richtig leidenschaftlich mit ihr schlafen. Er liebte es und wünschte sich sehr, dass sie wieder so miteinander verschmelzen würden, wie sie es früher oft getan hatten, aber leider war ihr in der letzten Zeit immer weniger danach zumute. Björn wusste, dass es an ihrem Stress auf der Arbeit lag, das hatte sie ihm erklärt, und das sah er auch daran, dass sie in der letzten Zeit immer später nach Hause kam. Er verstand es, trotzdem spürte er, dass sich in ihm, nachdem ihre letzte zärtliche Vereinigung mittlerweile mehr als drei Wochen her war, langsam ein Druck aufstaute, der immer heftiger darauf drängte, abgelassen zu werden. Er nahm deutlich wahr, dass er in der letzten Zeit immer häufiger vom Sex träumte und auch am Tage wirklich viel daran dachte. Gerade gestern hatte er seine Freundin Corinna wieder einmal versucht zu verführen, doch sie blieb bei ihrem „Nein, bitte nicht“, und so musste Björn einmal mehr mit seiner unerfüllten Sehnsucht einschlafen.

So vergingen weitere Wochen. Nur selten schliefen sie miteinander. Björns Lust und sein Verlangen wurden immer größer und versuchten sich in ihm Raum zu schaffen, indem sie sich in seinem Kopf und seinen Lenden niederließen und dadurch bemerkbar machten, dass seine Träume immer heißer und seine körperlichen Reaktionen direkter wurden. Eines Nachmittags, an einem heißen sonnigen Sommertag, hielt er es nicht mehr aus. Er war an diesem Tag so erfüllt von Sehnsucht und Lust, dass er sich für den Nachmittag frei genommen hatte und mit großer Vorfreude nach Hause gefahren war. Dieser Wunsch, heute vollkommen genussvoll und entspannt sich selbst zu verwöhnen, war in ihm gewachsen und hatte immer konkretere Formen angenommen. Ja, er wollte es tun, wollte sich selbst lange und ausdauernd genießen und diesen Tag dann in einem grandiosen Höhepunkt seinen Abschluss finden lassen.

Schon auf dem Weg nach Hause erregte ihn der Gedanke an das, was gleich kommen würde, sehr. Er hatte bereits jetzt eine leichte Erektion und er fühlte, dass seine Klamotten durch die Hitze im Auto, das auf dem Firmenparkplatz gerade noch in der sengenden Mittagssonne stand, am Körper klebten.

Nachdem er die Haustür hinter sich geschlossen hatte, ging er direkt in ihr gemeinsames Schlafzimmer. Björn freute sich und konnte es kaum erwarten. Er legte ein frisches kühles Laken über das gemachte Bett und stellte sich eine Flasche Mineralwasser und eine Tube Gleitgel bereit. Jetzt zog er sich aus. Er wollte dabei nackt sein, das war ihm wichtig. Es sollte nämlich nicht die kurze Selbstbefriedigung mit der offenen Hose zwischendurch werden, die er sonst schon mal schnell genoss, sondern heute wollte er seinen gesamten Körper dabei spüren. Heute sollte es viel ausführlicher werden. Außerdem freute er sich darauf, die warmen verschwitzten Sachen ausziehen zu können. Die Sonne schien in das Schlafzimmer, so dass er die Alujalousien herunterließ. Er sah zum Bett. Durch die gekippte Jalousie erzeugte das Sonnenlicht ein Streifenmuster auf dem weißen Laken.

Ja, so war es richtig. Er streifte sich das T-Shirt von seinem kräftigen gebräunten Oberkörper und stieg aus seiner Jeans. Dann schob er sich die Boxershorts von seinem muskulösen Hintern und stellte fest, dass sie vom Schwitzen tatsächlich feucht geworden waren. Er sah an sich herunter, blickte auf seinen harten Penis und nahm ihn in die Hand. Leicht und ohne Druck rieb er über die Eichel, musste schon jetzt leise aufstöhnen, und seine Vorfreude steigerte sich weiter. Björn legte sich auf das Laken. Oh, das kühle Baumwollgewebe fühlte sich phantastisch auf seiner heißen Haut an! Er streckte sich wohlig aus und gerade jetzt, da er sich ausgesprochen wohl fühlte, meldete sich seine Wollust wieder besonders stark. Ohne es forciert zu haben, strömte weiteres Blut in sein hartes Glied und es richtete sich noch weiter auf. Björn sah dabei zu und schob mit zwei Fingern seine Vorhaut ein Stückchen nach hinten. Jetzt nahm er die Wasserflasche in die Hand, schraubte sie auf und trank einen Schluck. Ein bisschen goss er sich danach in die kleine Mulde zwischen Brust und Bauch. Auch das kühle Wasser auf seiner warmen Haut fühlte sich großartig an. Jetzt tippte er seinen Zeigefinger hinein, nahm etwas Wasser auf und strich es zart über seine Eichel. Was für ein Gefühl! Es war herrlich! Er machte es gleich noch einmal und er fühlte, wie es ihn stärker erregte. Nun wollte er mehr, wollte es intensiver.

Björn griff neben das Bett und holte sich das Gleitgel. Er drückte sich einen Klecks in die Hand und legte sie so an sein Glied, dass das kalte Gel ganz unmittelbar mit der heißen Haut seiner prallen Eichel in Berührung kam. Gleich danach stöhnte er auf, denn jetzt bewegte er seine Hand um sein Glied und das Gefühl der mühelos auf- und abflutschenden Hand überwältigte ihn fast. Er legte den Kopf wieder nach hinten auf das Laken und schloss stöhnend seine Augen. Ja, das war es, das wollte er schon die ganze Zeit. Sex, richtig guten, gefühlvollen Sex. Dann eben auch mit sich allein. Seine Erektion war inzwischen beachtlich und sein Verlangen nach einem Orgasmus riesig. Aber er wurde erst einmal wieder langsamer. Mit dem Zeigefinger und dem Daumen schob er seine Vorhaut immer wieder über die Eichel und zog sie fast quälend langsam wieder zurück. Mit den übrigen Fingern und der Handfläche übte er dabei Druck auf den Penisschaft aus. Es war brillant und überaus reizvoll. Er konnte kaum wieder damit aufhören, aber er musste aufpassen, dass es ihn nicht schon zu früh zu sehr aufheizte, denn er wollte sich noch Zeit lassen.

Dieser Nachmittag war sein Nachmittag. Er gehörte nur ihm und seiner Lusterfüllung. Björn war so versunken in sich und sein Liebesspiel, dass er das leise Klicken im Schloss der Haustür nicht hörte.

Diese Kopfschmerzen! Ich möchte mich einfach nur noch hinlegen, dachte Corinna, als sie den Flur ihrer gemeinsamen Wohnung betrat und die Haustür nahezu lautlos hinter sich zumachte.

Sie war heute früher daheim, da sie sich wegen ihrer Kopfschmerzen krank gemeldet hatte und auf direktem Wege nach Hause gefahren war. Jetzt freute sie sich auf ihr Bett. Sie ging barfuß in Richtung Schlafzimmer. Das war auf dem flauschigen Teppichboden so leise, dass Björn auch ihre Schritte nicht bemerkte. Er schob sich mit geschlossenen Augen leise stöhnend gerade wieder die Vorhaut über seine Eichel, als Corinna in der Tür wie angewurzelt stehen blieb und ihn auf dem Bett, quasi in flagranti, entdeckte …

Sie betrachtete ihn und stellte fest, dass er es gerade richtiggehend zelebrierte, sich selbst zu einem Orgasmus zu bringen. Dabei bemerkte sie das frische Laken, die Wasserflasche, das Wasser, das noch von seinem Oberkörper lief, und die Tube Gleitgel, die offen neben ihm lag und aus der es zäh fließend auf das Laken tropfte. Sie lächelte, es gefiel ihr, was sie sah. Es erschien ihr fast wie eine Szene aus einem amerikanischen Film, wie Björn da so lag, gut gebräunt und muskulös im Sonnenlicht, das in Streifen seinen Körper zierte. Ja, und nicht zuletzt seine enorme Erektion, die sie in seiner Hand aufrecht stehen sah. Ihre Kopfschmerzen waren plötzlich zur Nebensache geworden angesichts dieses erotischen Anblicks, der sich ihr hier bot. Sie wagte kaum zu atmen, als sie jetzt still stehen blieb und ihm weiter zusah. Es erregte sie zunehmend, was sie zu sehen bekam: Seine Hand ließ wieder von seinem Penis ab und strich tiefer über seine Hoden zu seinem Damm. Auch jetzt stöhnte er wieder leise, als er sie zurückbewegte und seine prallen vollen Hoden in die Hand nahm. Björn drückte sie ganz leicht und mit der linken Hand griff er dabei unwillkürlich an seinen Penis, um ihn im selben Moment zur Steigerung des Gefühls wieder zu massieren. Dann aber fiel seine linke Hand wieder auf das Laken zurück und seine rechte übernahm erneut die Kontrolle über seinen Besten. Mit geschlossenen Augen tastete er nach dem Gleitgel und drückte sich noch einen weiteren Klecks in die Hand. Er verteilte das Gel äußerst zärtlich auf der Eichel, an seinem Schaft hinunter und auf der Haut seiner Hoden, die er dabei sanft zwischen seinen Fingern bewegte. Sein leises Stöhnen wurde lauter und sein Atem ging stockend, als er sich jetzt wieder direkter und heftiger rieb. Erneut hatte er seine Vorhaut zwischen zwei Finger genommen und wieder übernahm der Rest seiner Hand das Übrige, um zur fast unerträglichen Steigerung der Erregung beizutragen.

Björn stöhnte laut und zelebrierte sein Ganzkörper-Verwöhnprogramm: Seine Beine hatte er angezogen und zu den Seiten auseinandergeklappt, seinen Oberkörper presste er auf das Bett und sein Becken bewegte er so, als würde er immer wieder in den Schoß einer Frau eindringen. Als wäre seine Hand eine weiche enge Scheide. Corinnas Scheide. Denn was sie nicht sehen konnte, war, dass er sich tatsächlich die ganze Zeit über vorstellte, dass er wieder mit ihr schlafen dürfte. Dass sie ihn voller Lust erwartet und ihn gebeten hätte, sie doch endlich wieder einmal hart und fest zu nehmen. Dass sie voller Gier wäre und von ihm gar nicht genug bekommen könnte. Sein Keuchen wurde lauter, seine Beine streckten sich durch und seine Bewegungen wurden schneller. Als Corinna gerade glaubte, er würde jetzt kommen, hörte er plötzlich auf. Er wollte diese Pause ganz bewusst, wollte sich eine Abkühlung gönnen, um es noch möglichst lange hinauszuzögern. Er stöhnte noch einmal tief auf und sein Unterkörper bog sich ein letztes Mal nach oben, als er sich gleich darauf, noch immer schnell atmend, auf seine Ellenbogen stützte, um nach der Wasserflasche zu greifen und einen Schluck zu trinken.

Die Wasserflasche stand auf der Seite, auf der auch die Schlafzimmertür war, und so sah er plötzlich seine Freundin im Türrahmen stehen. Björn war mehr als überrascht. Er setzte sich vollständig auf und sagte grinsend, während er sich irgendwie erwischt fühlte und sich mit der Hand verlegen durch die Haare fuhr: „Hi!“

Corinna trat näher an das Bett heran. Sie beugte sich zu ihm herunter und gab ihm einen Kuss. Dann sagte sie leise: „Das sieht ja ziemlich heiß aus, was du hier machst …“

„Ist es auch!“, erwiderte Björn rau und grinste noch immer.

Corinna knöpfte sich betont langsam ihr Oberteil auf und fragte dabei: „Was dagegen, wenn ich ein bisschen mitspiele?“

Björn schüttelte den Kopf, rutschte ein Stück zur Seite und trank jetzt einen Schluck aus der Wasserflasche. Er sah Corinna dabei zu, wie sie sich vollständig auszog. Als sie gerade bei ihrem Slip, dem letzten Kleidungsstück, angelangt war, zog Björn sie zu sich herunter.

„Lass ihn an, ich mag das!“, raunte er in ihr Ohr, als er in diesem Moment mit seiner Hand über den Stoff des Höschens einmal durch ihre Beine hindurchstrich. Er drückte mit dem Mittelfinger den Steg ihres Slips ein wenig gegen ihre Vagina und stellte fest, wie feucht sie war. Das wollte er direkter fühlen! Während er Corinna küsste, schob er seine Hand von oben in ihren Slip hinein und führte seinen Mittelfinger tief in sie ein. Corinna stöhnte auf, küsste ihn noch inniger und flüsterte: „Du glaubst gar nicht, wie sehr es mich angemacht hat, dir zuzusehen.“

„Doch, das fühle ich, Süße!“, antwortete Björn, als er erst an ihren Brustwarzen saugte, sie streichelte und sich dann auf sie schob.

„Corinna, ich bin so wahnsinnig scharf auf dich!“, stöhnte er in ihr Ohr, als sein Phallus schon hart und zuckend zwischen ihren fast geschlossenen Schenkeln lag.

„Ich will mit dir schlafen! Unbedingt! Ich wünsche mir wirklich nichts sehnlicher, als endlich wieder tief in dir zu versinken!“

Diese Worte wurden von einem Keuchen begleitet, da schon als er sie aussprach seine Erregung um ein Vielfaches zunahm und er schneller atmete. Corinna umfasste sein Gesicht. Sie sah hoch in seine Augen. Dann bat sie ihn halblaut und lasziv: „Dann tu es jetzt, bitte schlaf mit mir, Björn!“

Mit diesem Worten legte sie ihre Beine um seine Hüfte und sein großer harter Penis rutschte fast wie von selbst tief in ihre Nässe hinein. Björn stöhnte laut auf und vergrub sein Gesicht an ihrer Schulter. Corinna hielt sich an seinen Oberarmen fest und bewegte ihre Hüfte ganz sachte, um eine leichte Reibung zu erzeugen. Es war göttlich! Er traute kaum, sich zu bewegen. Björn war bereits durch seine eigene Aktion vorher derart aufgeheizt und scharf, dass er sehr kurz davor war, jegliche Kontrolle zu verlieren. Diesen Punkt hatte er allein schon fast erreicht, aber nun zusätzlich Corinnas heiße, enge und zudem sehr feuchte Vagina um seinen Penis zu fühlen, gab ihm fast den Rest. Und wie sie sich jetzt bewegte! Es war himmlisch und Björn genoss es unendlich.

Er stützte sich auf seine Ellenbogen auf und nahm ihr Gesicht in seine Hände. Zärtlich schaute er in ihre Augen und sagte leise: „Corinna, ich liebe dich …“

Sie erwiderte seinen Blick, lächelte und gab ihm seine Liebeserklärung flüsternd und voller Gefühl zurück.

Björn begann, sich in ihr zu bewegen. Erst nur leicht und flach, dann immer fester und tiefer. Es war heiß im Schlafzimmer und er schwitzte und stöhnte. Corinna ging es ebenso. Sie schliefen in ihrem eigenen Rhythmus miteinander und im Laufe ihres Aktes fühlte Corinna, dass das Laken unter ihr schon sehr feucht geworden war. Sie fand es ausgesprochen erotisch und es machte sie zusätzlich an. Sie strich mit ihrer Hand über Björns Rücken und stöhnte leise auf, als sie fühlte, dass er vollkommen nass war. Sie war heiß, sehr heiß. Björn ebenfalls.

Er ging jetzt auf die Knie, um noch tiefer in sie eindringen zu können. Corinna kam ihm mit ihrer Hüfte entgegen. Er drang wieder in sie ein und schlief jetzt schnell und kraftvoll mit ihr. Er stöhnte laut und auch Corinna hielt sich nicht zurück. Sie wusste, dass Worte ihn zusätzlich antörnten, daher sagte sie, während er immer wieder tief und massiv in sie hineinglitt: „Ja, Björn, mach's mir, nimm mich richtig fest!"

Er stöhnte laut auf. Das war zu viel! Björn sah sie an, sah ihren lustvollen Blick, ihre verschwitzten Haare, die in ihr Gesicht fielen, und konnte sich nicht länger beherrschen.

„Ja, Süße, ja, das kannst du haben!", keuchte er noch rau, als er genau in diesem Moment fühlte, dass sich alles in ihm auf seinen Höhepunkt vorbereitete. Es zog bereits leicht in seinen Hoden und in seinen Lenden und der Reiz an seiner Eichel wurde so überdeutlich, dass er nicht mehr anders konnte, als sie weiter in Corinnas Tiefe zu stimulieren. Er hätte um keinen Preis der Welt mehr stoppen können.

Jetzt schlief er unbeherrscht und voller Leidenschaft mit ihr. Corinna stöhnte: „Ja! Ja, Björn!“ Es gefiel ihr, sie stand darauf und spürte jetzt auch, dass sie ganz kurz vor ihrem eigenen Orgasmus war.

Björn kannte sie, er konnte diese Zeichen genau deuten und nahm sie nebenbei wahr, während er jetzt noch ein einziges Mal tief in sie eindrang. Er verharrte ruhig und so tief in ihr, wie er konnte, als er laut sagte und sein Atem dabei stoßweise ging: „Gott, ja! Jetzt Corinna, ich komme!“ Dann schloss er seine Augen und Corinna fühlte, wie er sich in ihr ergoss.

Er hatte die Augen geschlossen und bewegte sich nicht, aber sein Gesicht zeigte seine Anspannung, die sich sofort wieder löste, und einem Ausdruck der totalen Entspannung wich. Und als sie einmal ihre Scheidenmuskulatur bewegte, noch während er reglos in ihr kam, stöhnte er vor Befriedigung auf.

Jetzt senkte er sich vorsichtig auf sie herab. Corinna fühlte, wie kurz sie von ihrem eigenen Orgasmus entfernt war und so schob sie ihre Hand zwischen ihre beiden vollkommen verschwitzten Körper und brauchte sich nur wenige Male mit der Fingerspitze an ihrer Klit zu berühren, um sich dann auch in einem atemberaubenden Orgasmus zu verlieren. Sie stöhnte und warf den Kopf auf die Seite.

„Oh, Björn, ja, jetzt!“, flüsterte sie atemlos, als er sie küsste und seine Muskeln noch einmal anspannte, um seinen Penis ein letztes Mal in ihr zucken zu lassen. Corinna lächelte, Björn ebenfalls. Dann gab er ihr noch einen liebevollen Kuss auf den Mund und zog sich vorsichtig aus ihr heraus. Er legte sich neben sie.

„Oh, war das geil!", lachte er und zog seine Freundin fest an seine Seite.

„Ja, und so überfällig!", sagte sie. Björn sah sie daraufhin von der Seite an.

„Das stimmt allerdings. Kannst du schon absehen, wann du wieder weniger arbeiten musst?" Sie nickte und grinste.

„Wahrscheinlich schon nächste Woche." Björn setzte sich auf.

„Hey, das ist ja klasse! Warum bist du überhaupt schon zu Hause?"

„Das Gleiche wollte ich dich gerade fragen", lachte sie jetzt und setzte sich ebenfalls hin.

Björn griff sich die Wasserflasche und ließ ein dünnes Rinnsal über ihre Brüste laufen. Dann beugte er sich vor, um das Wasser mit seiner Zunge wieder aufzunehmen. Danach reichte er ihr die Flasche. Sie trank und erzählte ihm von ihren Kopfschmerzen und ihrer Entdeckung, die sie dann im Schlafzimmer machte. Wie schön sie seinen Anblick fand und dass es ihr seitdem schon wieder deutlich besser gehe. Björn lachte, trank jetzt auch noch einen großen Schluck und berichtete ihr seinerseits von seiner Sehnsucht, seiner unerfüllten Lust und seiner daraus resultierenden Idee, die er heute Nachmittag umsetzen wollte und die sie ihm glücklicherweise so erfreulich „vermasselt" hatte.

Gemeinsam beschlossen sie, es nicht wieder so weit kommen zu lassen. Und als Corinna sich noch einmal besonders zärtlich an Björn schmiegte, erwachte dessen Lust erneut …

Die Fahrradtour

Daniela Birkenring

„Guten Morgen, liebster Langschläfer!“, flüstert Wiebke und krabbelt mit ihrer Hand unter die Decke von ihrem Schatz, mit dem sie schon seit anderthalb Jahren zusammenlebt. Sie kitzelt an seinen Rippen entlang und sieht, wie er sich trotz seiner Müdigkeit das Lachen verkneifen muss. Dann kitzelt sie tiefer, an den Innenseiten seiner Hüften und erreicht ihr Ziel. Hm, da regt sich ja schon etwas! Wiebke fühlt eine Welle des Begehrens durch ihren Körper fluten. Der letzte Sex war gestern Abend und das ist ja nun schon eine ganze Weile her. Heute ist Sonntag und sie haben Zeit, sich noch richtig ausgiebig im Bett auszutoben. Wiebke streichelt sachte über seinen kleinen Freund, doch Markus dreht sich plötzlich von ihrer Hand weg. Er ist jetzt ganz wach, sieht den Sonnenschein und hat eine Idee: „Was hältst du davon, wenn wir heute eine Radtour machen und ausprobieren, ob das Wasser vom Badesee schon warm genug ist? Wollen wir anbaden?“

Wiebke fügt sich. Man muss ja nicht ständig Sex haben und eine Fahrradtour durch den Frühling ist auch sehr schön. Und wer weiß, was sich am Badesee noch so ergibt? Nach dem Frühstück steigen sie in den Keller, um nach den Fahrrädern zu schauen.

„Puh“, sagt Wiebke und niest. „Hier muss dringend geputzt werden.“

Sie holt einen Eimer Wasser und dann beginnen beide, ihre Räder vom Staub des Winters zu befreien. Markus ist ziemlich schnell fertig und schaut auf das knackige Hinterteil seiner Freundin. Nach dem Frühstückskaffee ist er ganz wach und ärgert sich, dass er die morgendlichen Annäherungsversuche von Wiebke abgewiesen hat. Die Lust ballt sich in ihm zusammen und erzeugt einen Druck, der nach Erleichterung ruft. Wiebkes Po in der engen Jeans wippt vor ihm auf und ab. Sie beugt sich über den Putzeimer und spült den Lappen aus, richtet sich wieder auf und beginnt die Felgen ihres Hinterrads zu putzen. Wieso putzt sie die Felgen? Aber diese Frage verschwindet gleich wieder aus Markus' Gedanken. Zu verlockend ragt Wiebkes Po in die Höhe. Markus weiß ganz genau, was sich unter der Jeans verbirgt, ein runder, weicher, warmer Po mit ganz heller Haut, weil die Sonne in diesem Jahr noch nicht darauf scheinen durfte. Er liebt diesen Po und hat sofort ihr Bild vor Augen, wie sie vor ihm kniet, auf der glänzenden roten Bettwäsche, die sie neulich gekauft hat, und ihm ihr süßes Hinterteil einladend entgegenstreckt. Wie seine Hände ihre Hüften umfassen und er sie langsam ganz dicht an sich heranzieht, um ihr angespanntes Keuchen zu hören und dann langsam, ganz langsam in sie einzudringen. Markus träumt, während Wiebke sich weiter vorbeugt, ihren Po herausstreckt und das Fahrrad putzt. Der Druck in Markus schwillt an und seine Hose wird langsam viel zu eng. Kann man eigentlich den Fahrradkeller auch von innen abschließen? Markus geht zur Tür und es funktioniert. Er lässt den Schlüssel stecken, damit sie nicht von anderen Hausbewohnern überrascht werden können, und geht hinüber zu Wiebke. Er zieht sie aus der gebückten Stellung hoch und streicht ihr die langen braunen Haarsträhnen aus dem Gesicht, das ganz rot ist. Dann küsst er sie intensiv, lässt seine Zunge tief in ihre Mundhöhle eindringen und genießt ihren Milchkaffeegeschmack. Wiebke erwidert den Kuss, spielt Zungenspiele mit ihm, legt ihm beim Küssen die Arme um den Hals und schmiegt sich an ihn. Er zieht sie ganz fest an sich und weitet den Kuss aus, saugt an ihren Lippen, beißt ihr auch mal leicht auf die Zunge, bis er es nicht mehr länger aushält. Er fasst in ihre hinteren Hosentaschen und presst ihren Unterkörper ganz fest an sich, so dass sie seine Härte deutlich wahrnehmen kann.

„Schlaf mit mir“, flüstert er ihr ins Ohr.

„Hast du deshalb die Tür abgeschlossen?“

Wiebke kichert leise, streift sein T-Shirt hoch und streichelt mit ihrer Zunge nacheinander über seine Brustwarzen, die sich sofort steil aufrichten. Dann küsst sie sich langsam tiefer, bis sie seinen Hosenknopf und den Reißverschluss öffnet und seinen Penis endlich aus der Enge befreit. Markus steht da, hält sich an seinem Fahrradsattel fest, hat die Augen geschlossen und fühlt die feinen zarten Berührungen, die nur Wiebke so perfekt hinbekommt. Sie streicht mit Fingerspitzen und Zunge seinen Penis hinauf und hinab und Markus' Finger krallen sich am Sattel fest, um zu verhindern, dass er ihren Kopf packt und sie zu kräftigeren Berührungen antreibt. Nein, er will es hinauszögern, jede Sekunde der Luststeigerung genießen. Und dann fühlt er ihre Lippen sich wie einen Ring um sein Glied legen und langsam darübergleiten. Ihre Hände sind in seiner Hose, kneten seine Liebesäpfel, und der Mund gleitet wie ein heißer feuchter Reif auf und ab. Dabei tanzt ihre Zunge über die Kuppe und verschafft ihm zusätzliche Lustgefühle. Markus öffnet seine Augen und schaut auf ihren Kopf, der sich vor und zurück bewegt. Seine wunderschöne Freundin kniet vor ihm und verschafft ihm die größte Lust, die er sich vorstellen kann. Sie hat seine Bewegung bemerkt, schaut hoch und er sieht, dass ihr Blick ganz verschleiert ist, weil es auch ihr Lust bereitet, ihn auf diese Art zu berühren. Markus denkt noch, wie sehr er Wiebke liebt, und dann lösen sich alle seine Gedanken in einem Ausbruch der Erleichterung auf.

Später packen sie Picknicksachen und Badezeug auf die Gepäckträger und fahren durch den sonnigen Frühlingstag.

Am Waldsee sind nur ganz wenige Mutige und so finden die beiden ein sehr verstecktes lauschiges Plätzchen zwischen den Büschen, wo sie ungestört in der Sonne liegen können. Die Fahrräder stellen sie noch davor und grenzen sich damit vom Weg ab. Niemand kann sie mehr sehen. Sie können sich komplett ausziehen, um ins Wasser zu springen. Das ist noch eisig kalt. Sie kommen ganz schnell wieder heraus, trocknen sich ab und ziehen sich zum Sonnenbaden Badehose und Bikini an. Als sie wieder auf ihrer Decke liegen, sieht Markus deutlich, wie Wiebkes Brustspitzen steif in die Höhe ragen, weil ihr so kalt ist. Er streichelt sanft mit einem Finger darüber. Wiebke seufzt leise und rekelt sich in der warmen Sonne. Markus hat beim Baden etwas entdeckt, eine Bewegung auf der kleinen Insel mitten im See.

„Ob da tatsächlich jemand hinübergeschwommen ist?", überlegt er.

Wiebke holt aus der Fahrradtasche ein Fernglas, das dort noch von dem letzten Ausflug im Herbst liegt.

„Da, ich sehe sie!", ruft sie.

Markus sieht die beiden auf der Insel inzwischen auch. Doch Wiebke sieht mehr:

„Du glaubst nicht, was die dort tun! Haben ihre Badesachen ausgezogen und haben Sex! In aller Öffentlichkeit!"

Markus lacht: „Ich glaube, die Insel heißt Vogelinsel, weil man dort so ungestört – na ja … Ohne Fernglas würden wir nicht wissen, was die beiden da wirklich treiben."

Wiebke schaut weiter durchs Fernglas und berichtet, was sie sieht: „Er liegt auf dem Rücken und sie sitzt auf ihm, aber sie reitet ihn nicht, sondern sitzt ganz still. Er massiert ihr die Brüste."

„Meinst du, so?", fragt Markus, rollt sich auf den Rücken und zieht Wiebke über sich. Und weil ihr Plätzchen wirklich ganz versteckt ist und die nassen Handtücher auf den Fahrrädern einen zusätzlichen Sichtschutz bilden, schiebt er den schmalen Steg ihres Stringhöschens zur Seite und lässt seinen Dicken in ihre feuchte Höhle flutschen. Wiebke verliert vor Schreck fast das Fernglas, doch dann bewegt sie sich ein wenig auf ihm und kichert vergnügt.

Niemand kann sie sehen, aber sie können dem Pärchen dort drüben ungeniert zuschauen. Es ist eine ganz und gar unglaubliche Situation an diesem Aprilsonntag in der hellen Mittagssonne. Um sie herum ist niemand, die nächsten Badegäste lagern weit entfernt. Nur lautes Vogelzwitschern und ein leichter Wind, der durch die noch kleinen Blätter an den Büschen bläst.

Markus liegt unter ihr und schiebt die beiden Oberteile des Bikinis auseinander. Als der sanfte Frühlingswind Wiebkes Brustspitzen berührt, werden sie sofort wieder hart. Markus feuchtet seine Finger ein wenig mit Speichel an und reibt darüber. Wiebke stöhnt auf und bewegt ihr Becken lustvoll. Am liebsten würde sie einen wilden Ritt beginnen.

„Halt, nicht so eilig!“, stoppt er sie. „Du hast gesagt, die beiden dort drüben halten auch ganz still.“

Wiebke reißt sich zusammen und sitzt bewegungslos auf Markus, während er ihren Busen weiter streichelt. Ihr ganzer Körper zittert von der Anstrengung stillzuhalten. Längst hat sie das Fernglas sinken lassen und die Hände zu Fäusten geballt.

„Bitte“, fleht sie. „Bitte! Ich möchte so gern …“

„Sag mir erst, was die beiden dort drüben machen.“

„Sie kniet im Gras und er kniet über ihr. Ihre Brüste schaukeln und er spielt damit.“

„Nimmt er sie dabei?“

„Das kann ich nicht sehen. Bitte, komm zu mir, bitte!“, fleht sie, als sie beide dieselbe Stellung einnehmen wie das andere Pärchen.

Und endlich erfüllt Markus Wiebke ihren Wunsch. Er ist selbst schon viel zu gierig geworden. Mit einem Ruck dringt er in sie ein. Wiebke stöhnt auf und stößt einen glücklichen Juchzer aus. Doch nach zwei Stößen hält er wieder still und reibt nur ihre steifen Brustspitzen. Dann fragt er weiter: „Bewegen sie sich?“

„Natürlich bewegen sie sich“, behauptet Wiebke ohne hinzugucken.

„Bewegen sie sich wirklich?“

Wiebke nimmt das Fernglas.

„Nein. Und jetzt liegt er unter ihr und küsst sie an ihrer … Stelle.“

„Das ist eine gute Idee“, sagt Markus und rutscht unter Wiebke, so dass sein Mund genau unter ihrem weit offenen Lustzentrum ist. Und wie es sich für eine saftige Frucht gehört, schimmert ihre Venus feucht. Markus lutscht und saugt und kitzelt die zarte rosa Haut mit seiner Zunge. Wiebke stöhnt und zittert und kann es kaum noch aushalten. Sie beugt sich ein wenig tiefer, erwischt seinen harten Penis und beginnt ihn so mit ihrer Zunge zu massieren, dass Markus Hören und Sehen vergeht. Plötzlich fragt er nicht mehr danach, was das andere Pärchen tut, sondern atmet ganz schnell und hebt ihr seinen Unterleib entgegen, damit sie ihn noch tiefer in ihren Mund aufnehmen kann. Wiebke nimmt jetzt auch die Hände zu Hilfe, massiert seine Liebesäpfel und reibt den Penis kräftig hoch und runter, während sie seine Kuppe mit ihrer Zunge verwöhnt. Markus ist kurz davor zu explodieren. Doch jetzt macht Wiebke eine Pause, nimmt das Fernglas und schaut zur Vogelinsel.

„Oh, die beiden liegen still nebeneinander im Gras. Nun wissen wir gar nicht, wie sie das gemacht haben."

„Dann müssen wir uns eben etwas einfallen lassen", sagt Markus, nimmt Wiebke das Fernglas weg und dreht sie auf den Rücken. Nun liegt sie in der klassischen Missionarsstellung unter ihm und das ist seine Lieblingsstellung, weil er den Rhythmus angeben kann. Er setzt sein Glied an ihren Eingang und schiebt es dann langsam in sie hinein. Erst fühlt er den Ring aus festen Muskeln. Und als er diesen durchdringt, ist es wie das Ankommen in einem weichen heißen Paradies. Und Wiebke genießt dieses langsame Eindringen, die Dehnung und die Reibung ihrer empfindsamen Haut, ehe er sie ganz allmählich völlig ausfüllt. Sie zittert vor Erregung so sehr, dass sich Markus alle Mühe geben muss, nicht mit einem einzigen festen Ruck vorzudringen. Doch er schafft es, sie ganz langsam in Besitz zu nehmen. Und nachdem er vollständig in sie eingedrungen ist, nimmt er ihre Beine und legt sie sich über die Schultern. Nun liegt Wiebke regelrecht gefesselt unter ihm und kann kaum noch eigene Bewegungen in den Rhythmus einbringen. Sie liegt hilflos da, ihrer und seiner Lust ausgeliefert, und er nimmt sie tief und kräftig, macht eine lange Pause, in der sie ihn anfleht, doch endlich weiterzumachen. Und dann legt er noch einmal richtig los und nimmt seine Süße mit aller Energie und Ausdauer, bis er merkt, wie sie von einem gewaltigen Orgasmus überrollt wird. Nun lässt auch er sich in seinen Höhepunkt fallen.

Danach liegen sie noch lange erschöpft auf der Decke in der Sonne. Sie zupfen sich ihre Badesachen wieder zurecht und entspannen sich. Falls tatsächlich jemand vorbeikommen sollte, sieht er nur ein Paar, das sich sonnt. Die Müdigkeit kann auch vom Schwimmen oder vom Radfahren herrühren. Nach einer Weile fragt Wiebke schläfrig: „Wie es wohl die beiden schaffen, von der Insel herunterzukommen?“

Markus murmelt müde: „Gut, dass wir am richtigen Ufer geblieben sind. Aber wie kommen wir später aufs Fahrrad?“

Wie du mir ...

Lisa Cohen

Die wohl unglaublichste Geschichte meines Lebens ist mir vor ein paar Monaten passiert. Wirklich unglaublich und wirklich wahr ...

Ich hatte seit ein paar Wochen ein leidenschaftliches Verhältnis mit meiner Sekretärin. Der ganz klassische Fall. Mann braucht etwas Abwechslung vom Alltagstrott seiner Ehe. Meine Frau und ich waren 19 Jahre verheiratet, wir kannten uns seit 19 Jahren und vier Monaten, unsere Kinder, Zwillinge, waren 18 Jahre und sieben Monate alt. Das heißt, meine Frau und ich heirateten, als sie im vierten Monat schwanger war. Unsere Kinder lebten seit einem halben Jahr nicht mehr zu Hause, sie studierten weit genug weg, um nur gelegentlich an den Wochenenden vorbeizukommen.

Ich war der Chef eines mittelständischen Unternehmens, hatte es im Laufe der letzten zehn Jahre zu Geld und Ansehen gebracht, meine Frau arbeitete halbtags in einer Versicherungsfirma, wir wohnten seit sieben Jahren in einem großen schönen Haus mit riesigem Garten und machten zwei Mal im Jahr Urlaub. Möglichst eine Fernreise in den sonnigen Süden.

Es ging uns gut. Wir verstanden uns noch immer und ich behaupte, wir liebten uns auch noch immer. Anders als am Anfang, aber im Großen und Ganzen hatten wir bis jetzt eine harmonische Ehe geführt. Und eine bei Weitem bessere Zeit zusammen gehabt, als die meisten unserer Freunde und Bekannten.

Dass ich trotzdem eine Affäre hatte, lag daran, dass der eheliche Sex leider nicht mehr meinen Vorstellungen entsprach. Zu wenig, zu eingefahren, zu phantasielos, zu langweilig. Die Sekretärin, die ich vor einem Jahr eingestellt hatte, war äußerlich seriös und anständig und wenn wir allein waren, hemmungslos und unersättlich. Ich dachte nie daran, meine Frau zu verlassen, aber ich hatte auch keine Lust, mein Verhältnis aufzugeben. Ich wollte beides, und das so lange wie möglich. Mein Verhältnis empfand genauso. Auch sie wollte ihren Mann nicht aufgeben, selbst wenn die Langeweile im Bett daheim sie immer wieder in meine Arme trieb. Mir ging es also gut, ich fühlte mich männlich und erfolgreich und war wohl so sehr in das Leben, das ich gerade führte, verliebt, dass ich nicht registrierte, was um mich herum geschah.

Es war ein Mittwochnachmittag, als ich zum Hörer griff, um meiner Frau zu sagen, dass sie nicht mit dem Abendessen auf mich warten musste. Ive zeigte wie immer Verständnis dafür, dass ich mal wieder einen Geschäftsfreund würde treffen müssen und es spät werden konnte. Ich arbeitete noch ein paar Akten durch und freute mich auf einen leidenschaftlichen Abend, als meine Sekretärin hereinkam. Sie schloss die Tür. Wir waren beide sehr diskret und achteten peinlichst genau darauf, dass niemand in der Firma Verdacht schöpfte.

„Ich kann heute Abend nicht!" Sie wirkte enttäuscht. „Mein Mann muss morgen für ein paar Tage zu einer Messe fliegen." Ihr Gesicht hellte sich auf.

„Ich wäre dann ab morgen Abend für drei Nächte nur für dich allein zu haben …" Und dann fügte sie noch hinzu: „Dann darfst du mich endlich mal zu Hause besuchen …"

Ich sah ihr hinterher, griff zum Hörer und bestellte das Hotelzimmer ab, das ich schon für uns gebucht hatte. Es war ein Stundenhotel, aber eines der gehobenen Klasse. Wir hatten dort schon unsere geilsten Sexerlebnisse gehabt.

Auch ich war enttäuscht, doch die Aussicht, sie schon bald zu Hause besuchen zu dürfen, war auch nicht so schlecht.

Aus einer Laune heraus und wegen meines schlechten Gewissens, das ich meiner Frau gegenüber immer öfters bekam, machte ich früh Feierabend, fuhr in den besten Blumenladen der Stadt, kaufte den wohl teuersten Blumenstrauß meines Lebens für sie und beeilte mich, nach Hause zu kommen. Plötzlich überfiel mich eine unglaubliche, unerklärliche Vorfreude. Warum auch immer entwickelte ich Lust auf meine bessere Hälfte.

Ich wollte sie mit Blumen und Zärtlichkeiten überraschen. Wir hatten lange keinen Sex mehr gehabt. Das würde sich heute Abend ändern.

Gut gelaunt parkte ich den Wagen und ging durch die Waschküche ins Haus, merkwürdigerweise ganz entgegen meiner sonstigen Gewohnheit, die Haustür aufzuschließen. Ich überlegte gerade, wie ich Ive verführen könnte, als mich ein Geräusch stutzig machte. Ich lauschte und wusste doch schon, was für wohlbekannte Laute ich gehört hatte. Mit angehaltenem Atem ging ich die Kellertreppe hoch, öffnete die Tür zum Flur und blieb stehen.

Jetzt konnte ich meine Frau hören, die jemanden wimmernd und seufzend um etwas bat, das ich hier nicht zu Papier geben kann. Der Blumenstrauß fiel aus meinen Händen, als ich unverkennbar die Stimme eines Mannes vernehmen konnte, der ihr versprach, es ihr zu geben, um das sie ihn so lüstern gebeten hatte – und noch vieles mehr … Während ich so leise wie möglich die Treppe nach oben zum Gästezimmer hochging, aus dem die Geräusche kamen, schossen mir tausend Gedanken durch den Kopf. Warum hatte ich mich nie gefragt, wieso es Ive nicht zu stören schien, dass ich oft abends so spät nach Hause kam? Wieso fiel mir jetzt erst auf, dass sie sich äußerlich verändert hatte, zum Fitnesstraining ging, anderes Make-up trug, oft genug sogar neue Klamotten? Und dass auch sie sich eigentlich viel zu häufig mit ihren Freundinnen traf … – Meine Frau hatte eine Affäre. Es war ungeheuerlich! Was fiel ihr ein? Wie konnte sie mich nur so hintergehen? Nach all den gemeinsamen Jahren …

Ohne zu wissen, was ich tun würde, schlich ich weiter und weiter, bis ich vor der angelehnten Tür stand und die Geräusche empfindlich laut an meine Ohren drangen. Ich schob die Tür etwas weiter auf. Gerade genug, um alles, aber auch wirklich alles sehen zu können. Und was ich da sah, war unglaublich …

Meine liebe Ehefrau lag in den wohl schärfsten Dessous, was ich jemals gesehen hatte, auf dem breiten Gästebett. Ihre Hände waren in die Laken gekrallt. Ihr Kopf nach hinten geworfen. Ihre Hüfte angehoben, ihre Schenkel sehr weit gespreizt, ihr Hintern einladend nach hinten geschoben. Und hinter ihr hockte ein ziemlich junger, kräftig gebauter Typ, ebenfalls nackt. Er steckte seinen Kopf zwischen ihre Schenkel und dank meiner günstigen Perspektive konnte ich tatsächlich sehen, wie seine Zunge die aufgewühlte Scham meiner Frau verwöhnte. Außer mir schnappte ich nach Luft und wollte schon ins Zimmer stürzen, als mich etwas zurückhielt. Erst wollte ich noch wissen, wie weit sie gehen würden, was sie miteinander treiben würden, dann würde ich dazwischengehen. Ich presste mich an das Türblatt, um auch wirklich alles mitzubekommen, was sie taten.

Es war der reinste Porno, der da vor meinen Augen ablief. Es war alles nur noch viel echter und die Hauptdarstellerin war meine eigene Ehefrau. Sie gebärdete sich zügellos, von Scham keine Spur. Ich hatte sie in all unseren Ehejahren kaum so erlebt. Sie rekelte ihren Po, griff nach ihren Brüsten, bog ihren Rücken durch wie eine läufige Hündin, spreizte ihre Schenkel, bis es wohl weiter nicht mehr möglich war. Dann presste sie ihren Oberkörper in die Kissen und griff mit beiden Händen nach ihren Pobacken, öffnete auch diese aufs Unanständigste und murmelte die verdorbensten Obszönitäten.

Ich bemerkte staunend, wie sich meine Wut in Erregung verwandelte und mein Glied steif wurde. Es war nicht mehr zu leugnen. Das untreue Treiben meiner Frau machte mich an. Ich wollte genau sehen, wie sie sich nehmen ließ …

Der Typ verwöhnte ihren Schoß ausgiebig. Seine Zunge massierte sie dort kräftig, unterstützt von seinen fleißigen Fingern. Nein, diese beiden vergnügten sich nicht zum ersten Mal. Diese Affäre ging schon länger. Und ich hatte nie auch nur das Geringste geahnt. Ich konnte zum ersten Mal einen Blick auf sein erigiertes Glied werfen und erblasste vor Neid. Ich war wahrlich nicht schlecht bestückt und meine Frau liebte diese Tatsache, aber ihr Liebhaber war mindestens genauso ausgestattet, wenn nicht sogar besser. Wie er sie wohl damit erobern würde, ob er genauso potent war wie ich?

Es war mehr Neugierde als Eifersucht. Mehr die Lust am Voyeurismus als Scham. Es war das erste Mal, dass ich ein Pärchen beim Sex beobachtete, und obwohl meine Frau die entscheidende Rolle bei diesem Liebesspiel hatte, machte es mich wesentlich mehr an, als dass es mich empörte.

Ihre ausgestoßenen Laute trieben mir die Röte ins Gesicht. Ihr Wortschatz schien unerschöpflich. Sie gebärdete sich wie toll vor Lust unter den Händen dieses Mannes. Der entschied sich endlich dazu, in sie zu gleiten. Er richtete sich ein wenig auf, dann packte er ihre Hüfte, prüfte noch einmal mit den Fingerspitzen, ob sie auch bereit war für sein gezücktes Liebeszepter, und drang wie in Zeitlupe in meine Frau ein. Es dauerte endlos lange, bis er dort angekommen war, wo sie ihn hinhaben wollte. Denn immer wieder zog er sich aus ihr heraus, ließ sie sekundenlang warten und bitten, Sekunden, in denen ich sein glänzendes Glied betrachten durfte, das meiner Ehefrau so viel Lust schenkte. Es war kräftig und potent. Ive bäumte sich schließlich bei jedem seiner nunmehr wirklich harten Stöße auf, warf ihren Kopf in den Nacken und drehte ihn zur Seite, bis sie sich küssen konnten.

Ich krallte meine Hände zusammen und musste ein erregtes Stöhnen unterdrücken. So sehr machte mich dieses Schauspiel an.

Ive konnte nicht genug bekommen. Obwohl der Mann sie nach vorne trieb mit seinen ausdauernden Hüftbewegungen, feuerte sie ihn an. Er strich mit den Fingern immer wieder durch den Spalt ihrer Pobacken, verweilte lange an ihrem Anus und schob erst einen und dann zwei Finger dort hinein, was ihre Erregung fast sprunghaft noch steigerte. Er bewegte sich rhythmisch und gleichmäßig und schien überhaupt nicht müde zu werden, meine Frau glücklich machen zu können. Ich sah ihr erhitztes Gesicht, betrachtete ihre bei jedem Stoß ausladend hin und her wackelnden Brüste. Die spitzen Nippel wirkten riesig, ihre Pobacken rund und weiblich. Sie erschien mir begehrenswert wie schon lange nicht mehr.

Der Typ hatte wirklich Ausdauer. Kein attraktiver Mann, bestimmt nicht, aber er gefiel meiner Frau ganz offensichtlich und begeisterte sie im Bett.

Ich konnte verfolgen, wie ihr Körper sich anspannte, wie sie sich vorbereitete auf ihren Höhepunkt. Es würde nicht mehr lange dauern und dann …

Ive schrie und schrie und ließ sich von ihrem Liebhaber in den Himmel der sexuellen Glückseligkeit führen. Der gab seine letzte Kraft her für das spektakuläre Finale und stieß fast blindlings in sie hinein, bis auch er endlich seinen Orgasmus genießen konnte …

Ich schlich mich davon, startete meinen Wagen und fuhr in meine Lieblingsbar, um mir ein wenig die Zeit zu vertreiben. Innerlich brannte ich jedoch darauf, wieder nach Hause zu fahren. Ich konnte es kaum abwarten, zu meiner Frau ins Bett zu kriechen und sie dort zu verführen und zu nehmen, natürlich besser, als sie kurz zuvor von einem anderen Mann genommen worden war. Der Akt hatte mich angefeuert, erhitzt, meine Phantasien angekurbelt und meine eigene Affäre in Frage gestellt.

Etwas später fuhr ich ungeduldig und mit sich überschlagenden Gedanken nach Hause und ging direkt ins Schlafzimmer. Ive schlief schon oder sie stellte sich schlafend. Sie hatte geduscht, aber ich glaubte noch immer den Duft des vergangenen Liebesspiels auf ihrer Haut riechen zu können. Sie zeigte keine Verwunderung über mein ungewohntes Verhalten, als ich sie Stück für Stück verwöhnte und verführte, sie geil machte und regelrecht willenlos, und sie schließlich in einer Position nahm, die wir viel zu lange nicht mehr probiert hatten. Ihr Hinterstübchen war weich und willig und der Sex von hinten bescherte uns in dieser Nacht eines der besten Liebesspiele, die wir je gemeinsam gehabt hatten. Ich war wild und unersättlich und steckte sie an mit meiner neu entdeckten Gier im heimischen Ehebett. Ich ließ erst von ihr ab, als sie um Gnade bat und auch ich keine Potenz mehr zu vergeben hatte …

Meine Affäre habe ich am nächsten Tag beendet. Und so viele Abende, wie ich jetzt wieder mit meiner Frau verbringe, und so glücklich, wie ich sie jetzt wieder im Bett mache, braucht auch sie keine Affäre mehr. Da ich das aber nicht sicher weiß, spornt mich diese Ungewissheit eher dazu an, mich beim Liebesspiel noch mehr anzustrengen und Ive noch glücklicher zu machen …

Gleiches Recht …

Jenny Prinz

Leise schlich Patrick die Treppe hinauf. Seine kleine Schwester schlief im ersten Stock und er wollte sie auf keinen Fall wecken. Er hielt den Atem an, als die Holztreppe unter ihm knarrte. Lauschend blieb er stehen. Hörte er etwas? Im Zimmer der Kleinen schien alles ruhig zu sein, doch Patrick bemerkte, dass am anderen Ende des Flurs leise Musik spielte.

„Carolin ist noch wach“, sagte er leise zu sich selbst und lächelte.

Er mochte die junge Frau, die sein Vater und seine Stiefmutter als Babysitterin beschäftigten, und er war heilfroh, dass sie gar nicht erst auf die Idee gekommen waren, ihm diesen Job aufzudrücken. Er liebte seine Schwester wirklich, aber deshalb würde er bestimmt nicht darauf verzichten, am Wochenende mit seinen Kumpels unterwegs zu sein.

So geräuschlos wie möglich ging Patrick zu dem Streifen hellen Lichts, der aus der angelehnten Tür des Gästezimmers fiel. Wenn Carolin noch wach war, würde er vielleicht ein wenig mit ihr quatschen …

Sie gefiel ihm wirklich und gelegentlich stellte er sich sogar vor, wie es mit ihr wäre … Doch meist verbot er sich diese Phantasien schnell wieder, da er nicht annahm, auch nur den Hauch einer Chance bei ihr zu haben. Immerhin war die Studentin mit ihren 23 Jahren gut drei Jahre älter als er und er nahm nicht an, dass sie scharf darauf wäre, sich mit ihm einzulassen. Außerdem hatte er sie schon ein paar Mal mit einem anderem Typen zusammen gesehen. Sie war also sowieso vergeben.

Patrick blieb stehen und hob die Hand, um anzuklopfen, da vernahm er plötzlich ein leises Stöhnen. Er hielt inne. Sein Herz schlug schneller, als er noch einmal hörte, wie auf der anderen Seite der Tür jemand genussvoll seufzte. Was tat Carolin da? Kurz überlegte er, sich einfach wieder zurückzuziehen und schlafen zu gehen, doch er konnte nicht widerstehen. Es konnte ja wohl kaum sein, dass sie dort im Bett … Nein, das war nur sein Wunschtraum, eine Männerphantasie.

Vorsichtig trat er einen Schritt näher an den Türspalt heran. Zum Glück stand das Bett so, dass er es vom Flur aus sehen konnte. Patrick hielt den Atem an, als er seinen Kopf vorschob und in das nur vom gedämpften Licht einer kleinen Nachttischlampe erhellte Zimmer sah.

Carolin lag auf dem Bett und hatte die Augen geschlossen. Sie trug eine niedliche Schlafkombination, in der er sie schon früher gesehen hatte. Das ärmellose Shirt war nun jedoch nach oben geschoben, ihre kleinen festen Brüste lagen frei und Patrick konnte ihre hellrosa Brustwarzen sehen. In seiner Hose regte sich etwas, während er fasziniert die junge Frau vor seinen Augen betrachtete, die sich gedankenverloren selbst genussvoll verwöhnte.

Carolin hatte ihre rechte Hand in die bequeme kurze Hose geschoben und Patrick konnte sehen, wie sie kreisende Bewegungen ausführte. Sie seufzte leise, während sie ihre süße Muschel liebkoste, und als sie ihre Hand plötzlich hervorzog, war Patrick fast enttäuscht. Doch Carolin führte ihre Finger nur kurz zum Mund, um sie mit ihrem Speichel schön gleitfähig zu machen. Patrick hatte das Gefühl, noch nie etwas derart Heißes gesehen zu haben. Carolins Finger verschwanden zwischen ihren vollen Lippen, bevor sie sie erneut in ihre Hose schob und die sanften, langsamen Bewegungen fortsetzte.

Patricks Penis war nun vollständig aufgerichtet und drückte merklich gegen den derben Jeansstoff. Patrick griff sich in den Schritt, um ihn zurechtzurücken, doch dann ließ er seine Hand dort liegen. Er knetete die pralle Wölbung, während Carolins linke Hand ihre Brüste fand und die Brustwarzen zwischen Daumen und Zeigefinger reizte. Erneut gab sie einen Laut des Wohlbefindens von sich.

Patrick war sich der atemlosen Stille im Haus bewusst und er hatte Angst, sich zu bewegen. Außer der leisen Musik in Carolins Zimmer war wirklich nichts zu hören und er fürchtete, sie könne ihn bemerken und das wirklich scharfe Schauspiel vorzeitig beenden – von der Blamage mal ganz abgesehen, wenn sie ihn hier auf dem Flur erwischen würde. Seine Atemzüge wurden tiefer und er unterdrückte den Wunsch, leise aufzustöhnen, als seine Hand um sein hartes Glied fester zupackte.

Carolins Bewegungen wurden mit der Zeit auch etwas schneller und Patrick ahnte, dass sie sich nun heftiger massierte als noch zu Beginn. In ihrem Gesicht konnte er die Lust ablesen, die sie sich selbst verschaffte. Sie drückte ihren Rücken durch und hob ihr Becken kurz an, wobei sie sich mit dem linken angewinkelten Bein abstützte. Er hätte nicht gedacht, dass eine Frau allein sich so gehen lassen würde, es so sehr genoss, ihre eigenen Finger zu fühlen. Doch bei Carolin war dies offensichtlich der Fall. Ihr ganzer Körper war angespannt und Patrick verspürte das heftige Verlangen, ihre weiche Haut anzufassen. Er wollte ihren flachen Bauch küssen, die kleinen, runden Brüste in den Mund nehmen … daran saugen und lecken. Wie Carolin wohl schmeckte? Patrick mochte es sehr, eine Frau mit dem Mund zu verwöhnen, und bei seinen doch recht überschaubaren Erfahrungen war es auch immer gut angekommen. Ob es Carolin wohl auch gefallen würde?

Patrick hätte in diesem Moment gern die Knöpfe seiner Jeans geöffnet und seinen Penis ganz direkt verwöhnt, doch er traute sich nicht. Noch schlimmer, als erwischt zu werden, wäre es, mit offener Hose erwischt zu werden. Carolin fühlte sich sicher und unbeobachtet und er konnte sich überhaupt nicht vorstellen, wie sie auf seinen Eingriff in ihre Intimsphäre reagieren würde. Er biss sich auf die Unterlippe, als Carolin aufstöhnte. Ihre Beine waren so weit wie nur möglich gespreizt und völlig gebannt verfolgte er das steigende Tempo ihrer Finger. Es schien, als wäre sie fast so weit.

Patrick durchlief ein heißer Schauer und er musste sich mühsam beherrschen, als Carolin auf einmal ziemlich laut keuchte und ihren Kopf ins Kissen presste. Es war deutlich, dass sie von einem intensiven Orgasmus durchflutet wurde. Vor Patricks innerem Auge entstand kurz das Bild, wie sie durch ihn kommen würde. Allein der Gedanke, jetzt tief in ihrer feuchten pulsierenden Muschel zu stecken, ließ ihn fast durchdrehen vor Lust. Patrick presste seinen Penis noch einmal kurz zusammen und beschloss, sich nun in sein Zimmer zu schleichen und sich ebenfalls die Entspannung zu verschaffen, die in dem Gesicht der Babysitterin abzulesen war. Patrick hielt es einfach nicht länger aus. Er sehnte sich nach dem erlösenden Höhepunkt.

Carolin hatte die Augen inzwischen geöffnet und sah mit verträumtem Blick Richtung Tür. Patrick zog sich leise zurück. Er verließ sich darauf, dass sie aus dem nur schwach erleuchteten Raum nicht auf den dunklen Flur sehen konnte. Auf Zehenspitzen bewegte er sich vom Gästezimmer weg und fragte sich, wo die junge Frau mit ihren Gedanken jetzt wohl sein mochte. War ihre Lust befriedigt? Oder sehnte sie sich ebenso danach, von einem Mann berührt zu werden, wie er sich nach einer

Frau sehnte? Nach ihr genau genommen, jedenfalls im Augenblick …

Schnell hatte Patrick sich seiner Kleidung entledigt und legte sich auf sein breites Bett. Die Tür hatte er vorsichtshalber geschlossen, da er annahm, dass Carolin nachts den Flur entlanggehen würde; sowohl das Bad als auch das Zimmer der Kleinen lagen an diesem Ende des geräumigen ersten Stocks. Seine Eltern würden erst am Sonntagabend zurückkommen, insofern befand sich seine Schwester in der alleinigen Obhut Carolins. Patrick überlegte, wie es sein würde, mit Carolin am nächsten Morgen zu frühstücken. Ob er ihr unbefangen gegenübertreten konnte? Oder würde sie an seinem Gesicht sehen, was er dachte, wenn er sie sehnsüchtig ansah?

Patricks Faust schloss sich fest um seinen immer noch steinharten Penis. Seine Gedanken schweiften wieder ab zu den aufregenden Bildern, die er eben so unvermutet zu Gesicht bekommen hatte, und er stellte sich Carolins entrückten Gesichtsausdruck, ihre hellen spitzen Brustwarzen und die geschickten Bewegungen ihrer Hand noch einmal in allen Einzelheiten vor. Das Blut pochte in seiner Mitte und sein Phallus schien sich noch einmal ein Stück weiter aufzurichten. Patrick rieb seinen Schaft mit der ganzen Handfläche, schob immer wieder die Vorhaut über die Eichel, nur um sie dann weit zurückzuziehen. Er spürte, dass er dieses Mal nicht lange brauchen würde, so scharf war er durch das kleine Schauspiel der erotischen Babysitterin drei Türen weiter. Patricks Bewegungen wurden schneller und als er schon spürte, dass er auf dem besten Weg zum Gipfel war, hörte er ein leises Geräusch … Erschrocken öffnete er die Augen und blickte direkt in Carolins hübsches Gesicht.

Hektisch griff Patrick nach seinem T-Shirt, um es vor seine steil aufragende Erektion zu halten. Auch wenn er eben noch davon geträumt hatte, mit der jungen Frau Sex zu haben, so war es ihm doch mehr als unangenehm, von ihr nun eindeutig erwischt zu werden. Er spürte, wie ihm die Röte in die Wangen stieg. Wortlos starrte er sie an.

Carolin lehnte lächelnd im Türrahmen. Sie trug nach wie vor ihre kurze Schlafkombination und Patrick bemerkte, dass sie barfuß war. Ihre langen Korkenzieherlocken fielen ihr über die Schultern, während sie ihn mit schief gelegtem Kopf betrachtete. Sie spürte genau, dass er sich schämte.

„Ich dachte, ich darf auch …“, begann sie das Gespräch.

„Was darfst du?“, fragte Patrick verwirrt.

„Na, zusehen. Du hast mich doch eben auch beobachtet. Und ich konnte mir denken, was du danach tun wirst …“

Carolin grinste vielsagend und Patricks eben noch leicht gerötetes Gesicht glich nun einem knallroten Luftballon. Sie hatte es gemerkt! Sie hatte es gemerkt und ihn einfach zusehen lassen! Patrick war vollkommen überrumpelt von dem Gedanken, dass Carolin ihn nicht weggescheucht hatte, sondern es anscheinend sogar mochte, dass er ihr zusah. Er schwankte zwischen Unverständnis, Verlegenheit und einem heftigen Kribbeln in der Magengrube, ausgelöst von der lasziven Art, mit der Carolin dort stand, halb nackt und lächelnd und ihm ins Gesicht sagte, sie würde ihm dabei zusehen wollen, wenn er es sich selbst besorgte. Verwirrt schwieg er und sah sie einfach nur an.

Carolin schien die Stille zu lange zu dauern.

„Darf ich?“

Die Frage schien mehr rhetorisch, denn ohne eine Antwort abzuwarten, ging sie auf ihn zu und nahm neben ihm Platz. Patrick bekam eine Gänsehaut, als er die Wärme ihres Körpers neben sich spürte. Sie hatte sich so dicht neben ihn gesetzt, dass sie ihn ganz sanft streifte. Sie schien auf etwas zu warten. Patrick zögerte noch eine Sekunde, fasste sich dann jedoch ein Herz und sagte: „Das war ganz schön heiß eben.“

Sie nickte. „Fand ich auch.“

„Und jetzt?“, fragte Patrick, einerseits schüchtern, andererseits darauf hoffend, dass der weitere Verlauf des Abends seinen Phantasien ähneln würde. Warum sollte sie sonst zu ihm ins Zimmer kommen? Und als hätte Carolin seine Gedanken gelesen, entgegnete sie: „Was hättest du denn gern?“

Das war Patricks Stichwort. Ohne noch einen Augenblick nachzudenken, beugte er sich vor und küsste die junge Frau direkt auf den Mund. Ihre vollen Lippen waren weich und schmeckten ein wenig nach Pfefferminz. Patrick legte seine Hand in ihren Nacken und zog sie noch dichter an sich heran. Er wollte sie spüren; ihre Nähe machte ihn fast verrückt.

„Du schmeckst so gut", flüsterte er atemlos, als er sich für einen Moment von ihr löste. Carolin erwiderte seinen Kuss ebenso leidenschaftlich, doch er wollte sie nicht überrumpeln. Der weitere Verlauf würde von ihr abhängen. Was er wollte, war mehr als deutlich zu sehen. Ein einfaches T-Shirt konnte es nicht verstecken. Carolin schlang ihre Arme um ihn und zog Patrick an sich. Während sie gemeinsam auf sein Bett sanken, kam Patrick halb unter ihr zu liegen und sein Steifer drückte gegen Carolins Bauch. Er sah ihr Lächeln, als sie es spürte. Sie schien von ihrer Solonummer noch lange nicht genug zu haben. Erwartungsvoll schob er seine Hände unter ihr Oberteil und schon hielt er ihre weichen Brüste in der Hand.

Es dauerte nicht lange und sie lagen nackt nebeneinander. Auch Carolin schien es kaum erwarten zu können, seine Haut zu fühlen, und sie hatte überhaupt nichts dagegen, dass er sie mit zittrigen Händen entkleidete. Sie war genauso weich und aufregend, wie er es sich vorgestellt hatte. Ihre Haare kitzelten in seinem Gesicht, als sie auf ihm lag und er sie mit beiden Händen erforschen konnte. Während er über ihren Po strich und von hinten mit dem Finger ihre Schamlippen teilte, konnte er ihre Nässe spüren. Sie war feucht und heiß, ihre eigene

Hand war vorhin nur das Vorspiel gewesen. Jetzt war sie bereit für ihn. Patrick stöhnte, als Carolins warmer Atem an seinem Ohr kitzelte. Sie flüsterte: „Ich will dich tief in mir spüren!"

So deutlich hatte das noch nie eine Frau zu ihm gesagt. Und dieser Aufforderung konnte er nicht widerstehen.

Patrick starrte gebannt auf ihre schlanken Oberschenkel, die sich jetzt rechts und links seiner Hüften positionierten. Carolin ließ ihr Becken sinken und mit jedem Zentimeter, den ihr Paradies näher an seinen hart aufgerichteten Penis kam, klopfte Patricks Herz schneller. Voller Erwartung sehnte er den Moment herbei, in dem er endlich in sie eintauchen würde, seinen prallen Schaft in ihre heiße Mitte versenken und sie ganz in Besitz nehmen konnte.

Endlich war es so weit. Mit leichten Bewegungen ihres Beckens ließ sie seine Erektion durch ihre feuchte Venus gleiten und benetzte seine Eichel mit ihrer Flüssigkeit. Patrick biss sich auf die Lippe, um nicht jetzt schon laut aufzustöhnen. Es fühlte sich einfach zu geil an! Als Carolin ihren heißen Eingang an seine Spitze drückte, hob er sein Becken. Er konnte es nicht mehr abwarten. Langsam schob er seinen Phallus in ihre nasse Muschel und Carolin ließ sich Stück für Stück auf ihm nieder. Er konnte an ihrem Gesichtsausdruck sehen, dass auch ihre Lust immer größer wurde. Sie war herrlich eng, fest umschloss sie sein Glied; Patrick hatte fast das Gefühl, dass sie sich absichtlich so eng machte, um ihn möglichst heftig zu spüren. Diesen Trick kannte er noch nicht. Es war gigantisch!

Als sie völlig vereint waren, hielt Carolin eine Sekunde inne, um sich zu ihm zu beugen und ihn zu küssen. Sie stützte sich neben seinem Kopf mit den Händen ab. Patrick spürte ihre harten Brustwarzen auf seinem Brustkorb, als sie anfing, ihre Hüften rhythmisch vor und zurück zu bewegen. Immer wieder presste sie sich fest auf ihn, nur um ihn dann wieder fast gänzlich aus sich herausgleiten zu lassen. Ihre Locken wippten im Takt und Carolin hob mehrfach fast beiläufig die Hand, um die Mähne hinter die Ohren zu streichen. Doch das hielt nie lange, zu wild waren die Stöße, mit denen sich Patricks harter Schaft in ihr versenkte.

„Wow!“, entfuhr es Patrick.

Dies hier war wirklich eine Million mal besser als seine eigene Hand. Er musste sich bereits jetzt konzentrieren, um nicht sofort zu kommen. Carolin stöhnte laut und gleichmäßig; die Position sorgte dafür, dass sie ihre empfindlichste Stelle an seiner Peniswurzel reiben konnte und auch ihr war anzumerken, dass ihr Höhepunkt in nicht mehr allzu weiter Ferne lag. Patrick ahnte, dass es nicht mehr lange dauern würde – zum Glück! Seine Zähne gruben sich in seine Unterlippe, während er in das vor Leidenschaft verzerrte Gesicht der hübschen jungen Frau auf ihm starrte. Heiße Schauer jagten durch seinen ganzen Körper. Und dann konnte er nicht mehr warten.

„Ja, ja, jeeeeeetzt …“, keuchte er laut, als es in seinem Unterleib anfing zu pulsieren und er spüren konnte, wie sein Höhepunkt ihn überwältigte. Heftig und intensiv kam er, entlud sich in ihrer süßen Muschel, sekundenlang nur von diesem gigantischen Gefühl übermannt. Carolin hielt nicht inne, sondern steigerte das Tempo. Auch sie wollte an dieser Stelle nicht abbrechen, zu weit war sie dafür. Und die letzten schnellen Stöße reichten dann auch bei ihr: Patrick nahm wie durch einen Schleier wahr, dass sie von ihrem Orgasmus geschüttelt wurde, den Kopf in den Nacken geworfen und die Augen geschlossen.

Wenige Minuten später lagen sie erschöpft nebeneinander, Carolin in Patricks Arm gekuschelt. Mit einer Hand hatte sie nach der Wolldecke am Fußende geangelt, die sie nun über sie beide zog. Patrick gefiel diese Gemütlichkeit. Es sah aus, als würde Carolin bleiben. Und gegen eine zweite Runde hatte er überhaupt nichts einzuwenden.

„Carolin?“

„Ja?“, fragte sie schläfrig. Er hatte kurz überlegt und beschlossen, nach ihrem Freund zu fragen. Doch bevor er dazu kam, hörte er die helle Stimme seiner kleinen Schwester: „Was macht ihr beiden denn da?“

Patrick erschreckte sich genauso wie Carolin. Automatisch zog er die Decke höher; wenigstens lagen sie jetzt nicht nackt herum. Aber wie lange stand Julia da schon? Ein unangenehmes Gefühl beschlich ihn bei dem

Gedanken, ausgerechnet von seiner Schwester beim Sex erwischt worden zu sein. Aber wahrscheinlich hatte sie gar nichts gesehen …

Erwischt!

Lisa Cohen

Wir fuhren zu viert an die Ostsee, meine Frau und ich, zusammen mit einem befreundeten Ehepaar. Wir kannten uns seit Jahren, trafen uns regelmäßig zum Bowlen, spielten ab und an Tennis miteinander und während Phillip und ich uns gern mal auf ein Bier trafen, teilten Jessica und meine Frau ihre gemeinsame Vorliebe für das Saunieren. Die beiden gingen mittlerweile regelmäßig in ein großes Spa-Center, um sich dort ausgiebig verwöhnen zu lassen.

Die Idee, mal ein ganzes Wochenende miteinander zu verbringen, war von unseren Ehefrauen gekommen. Sie hatten uns schnell überredet, dann ein schickes kleines Wochenendhaus mit jeder Menge Extras gebucht, inklusive Sauna natürlich, zu einem überraschend günstigen Nebensaisonpreis.

Meine kurz aufkeimenden Bedenken, dass schon so manche Bekanntschaft nach einem gemeinsamen Urlaub in die Brüche gegangen war, wischte Marion rasch beiseite. Wir kannten uns schon so lange und so gut und es wären schließlich nur knapp drei Tage, die wir miteinander verbringen würden.

„Überraschungen ausgeschlossen!“, zwinkerte sie mir fröhlich zu.

Nun, sie sollte sich gewaltig irren, meine geliebte Ehefrau …

Das Wetter war nicht gerade vielversprechend, als wir am Zielort ankamen. Nebelig trüb und alles andere als warm. Aber wir hatten einen großen Kamin, das Häuschen war wirklich hübsch und gemütlich eingerichtet, die Schlafzimmer geräumig und das Badezimmer edel.

Nachdem wir uns erst einmal ausgiebig gestärkt hatten, machten wir eine lange Strandwanderung und freuten uns an der harmonischen Stimmung miteinander. Danach wollten Phillip und ich dem einzigen Dorfkrug einen Besuch abstatten, während die Frauen, wie konnte es anders sein, sich ausgiebig in der kleinen Sauna entspannen wollten.

„Wir sind nicht zu spät zurück", versprachen wir. „Lasst euch ruhig Zeit!"

Jessica und Marion schienen irgendwie ganz froh zu sein, dass wir sie für eine Weile alleine ließen, bevor wir gemeinsam am Abend etwas kochen wollten.

So machten wir uns schon bald auf zu einem weiteren Marsch in den nächsten Ort und freuten uns auf ein oder auch zwei Bier in dem hoffentlich gemütlichen Dorfkrug. Wie groß die Enttäuschung war, als wir vor geschlossener Tür standen und lesen mussten, dass die kleine Schenke erst abends wieder öffnen würde, kann man sich wohl vorstellen. Es gab zu dieser Jahreszeit auch keine Alternativen. Alles andere war bis zum späteren Frühjahr geschlossen.

Wir zuckten etwas ratlos mit den Schultern und beschlossen wieder umzukehren. Was blieb uns anderes übrig? Es war einfach zu regnerisch, um sich weiter draußen aufzuhalten.

„Wir haben schließlich genug Bier mitgenommen. Lass uns zu Hause ein paar Flaschen köpfen, während die Frauen vor sich hindampfen …“

Ich nickte zustimmend und so kam es, dass wir zirka eine Stunde später bereits wieder vor unserem Ferienhäuschen standen.

Die Sauna lag am Ende des Flurs, mit Ausgang ins Freie. Sobald wir die Haustür öffneten, hörten wir Geräusche von dorther, die uns sehr merkwürdig vorkamen. Ich schloss die Tür leise hinter uns. Wir sahen uns an und konnten die Gedanken des anderen nur allzu deutlich lesen.

Es gab für diese Art der Geräusche im Grunde nur eine einzige Erklärung, die trotzdem zu unglaublich war, als dass sie Sinn machen könnte.

Phillip räusperte sich leise.

„Was meinst du?“ Ich fühlte eine Hitze in mir aufsteigen, die ich nicht wahrhaben wollte. Die verschiedensten Gefühle überrannten mich. Erstaunen, Neugierde, Unbehagen und auch Erregung. Ganz eindeutige Erregung.

„Dann lass uns doch mal sehen, was unsere Frauen da so treiben!“, flüsterte ich heiser, zog meine Schuhe aus und schlich auf Zehenspitzen durch das Haus in Richtung Sauna, dicht gefolgt von Phillip.

Die Geräusche wurden lauter. Es gab jetzt schon keine Zweifel mehr, auch wenn wir noch gar nichts gesehen hatten.

Wir konnten nun deutlich die Stimmen der Frauen unterscheiden.

„Ja, das tut gut! Mach weiter …“ Marions so offensichtliche Erregung ging mir durch den ganzen Körper. Ich errötete heftig und vermied Phillips Blick. Wir lauschten dem Seufzen und Stöhnen noch einen Moment lang, dann warfen wir einen vorsichtigen Blick durch das kleine Saunafenster.

Ich hatte noch nie zwei Frauen dabei zugesehen, wie sie es miteinander trieben. Nicht einmal in einem Erotikstreifen. Ich hatte meine Vorstellungen davon gehabt. Ganz bestimmt sogar. Und diese Vorstellung hatte mich geil genug gemacht. Aber meine eigene Frau war in dieser Vorstellung nicht mit eingeschlossen worden.

Phillip zog hörbar seinen Atem ein. Wir starrten wie hypnotisiert ins Saunainnere.

Meine Ehefrau lag auf dem Rücken mit lässig gespreizten Beinen und ließ sich ungeniert von ihrer Freundin betrachten. Doch damit nicht genug. Sie ließ zudem noch mit zwei Fingern ausgiebig das Zentrum ihrer Lust betasten und befummeln.

Phillip und ich sahen uns für einen kurzen Augenblick an. Ich konnte Schweißtropfen auf seiner Stirn erkennen – er wirkte, als wenn er unter Schock stand –, bevor ich mich wie gebannt wieder dem heimlichen Schauspiel in der Sauna zuwandte.

Jessica fuhr unermüdlich mit ihren Fingern durch die Vulva meiner Frau und begann mit der anderen Hand ihre Brüste zu massieren, wobei sich Marion dehnte und rekelte unter diesen intimen Bewegungen. Ihr Unterleib begann zu zittern, sie streckte sich mit wollüstig verzerrtem Gesicht den liebkosenden Fingern entgegen und flüsterte dabei Worte, die ich beim besten Willen nicht zu Papier bringen kann.

Ich hörte, wie der Atem neben mir schwerer wurde. Phillip flüsterte mir etwas zu wie: „Das ist ja schärfer als jeder Porno …“ Er musste es wissen. Wie er mir mal erzählt hatte, sahen sich seine Frau und er regelmäßig erotische Filme an.

Meine Hose kam mir plötzlich zu eng vor, als Jessica sich nach vorne beugte, ihre Lippen öffnete und anfing, meine Frau an ihrer intimsten Stelle zu küssen. Ihr voller, schöner Mund erforschte jeden Zentimeter des ihr so hemmungslos angebotenen Schoßes und als ihre Zunge schließlich die ihr offensichtlich schon sehr vertraute Liebesfrucht begrüßte, musste ich die Hand auf meine Wölbung pressen, weil ich Angst hatte, meine Hose würde platzen.

Marion griff nach ihren Brüsten, um irgendeinen Halt zu finden, und zitterte immer stärker am ganzen Körper. Sie bat ihre Freundin in geflüsterten Obszönitäten, nur nicht aufzuhören, bloß weiterzumachen, bis sie erlöst sei von der sexuellen Gier, die in ihr steckte. Jessica musste nicht gebeten werden. Sie war fast genauso erregt wie meine Frau und konnte es kaum abwarten, sie in einen befriedigenden Höhepunkt zu schicken.

Phillip keuchte leise. Ich schloss einen Moment lang die Augen. Als ich sie wieder öffnete, hatte sich meine Frau aufgerichtet. Wir wichen von der Saunatür zurück und warteten mit angehaltenem Atem, ob wir bemerkt worden waren. Phillip grinste mir zu und deutete etwas an, was ich nicht verstehen konnte, dann gewann unsere Neugierde wieder die Oberhand. Wir schauten, mittlerweile gierig und geil geworden, erneut durch das kleine Fenster.

Unsere Frauen hatten sich in die 69-er-Stellung gerobbt. Jessica lag auf dem Rücken und hatte ihre Beine auf die obere Bank gelegt. Meine Frau schob ihren Kopf zwischen ihre Schenkel und fing an, den Schoß ihrer Freundin zu verwöhnen.

„Das gibts doch gar nicht!“

Ich konnte es immer noch nicht fassen. Wie lange es die beiden Frauen wohl schon miteinander trieben? Dies hier war bestimmt nicht ihr erstes Liebesspiel. Und wir Ehemänner hatten nichts geahnt.

Ich sah lüstern zu, wie der Kopf meiner Frau sich tiefer zwischen den Schenkeln ihrer Freundin vergrub, wie er sich in rhythmischen Bewegungen vor und zurück schob, wie sie ihr Haar mit der einen Hand zurückwarf und wie ihr ganzer Körper vor Lust völlig außer Kontrolle zu geraten schien.

Jessica schien nicht minder entzückt von dem sinnlichen Spiel. Mit beiden Händen umklammerte sie den Po meiner Frau. Ihre Fingernägel gruben sich in die Haut des angespannten Hinterteils und dann sah ich mit offenem Mund zu, wie sie ihren Zeigefinger plötzlich und unvermittelt zwischen diese bebenden Pobacken presste und ihn in rhythmischen Bewegungen tief in das Hinterstübchen meiner Ehefrau eintauchte. Ich muss gestehen, ich schnappte nach Luft. Was ich zu sehen bekam, war eindeutig mehr, als ich Marion jemals zugetraut hätte. Und es erregte mich eindeutig mehr, als ich mir das hätte vorstellen können. Wie gerne hätte ich mitgemacht bei diesem hemmungslosen Treiben! Wie gerne hätte ich meinen Kopf zwischen weiblichen Schenkeln vergraben! Wie gern hätte ich …

„Jetzt dabei sein dürfen …“ Phillips Stimme war kaum zu vernehmen, aber ich nickte zustimmend. Doch das trauten wir uns nicht. Wir blieben stumme Voyeure, die zwar nicht wussten, wohin mit ihrer aufgestauten Geilheit, die es aber ganz bestimmt nicht wagen würden, an die Tür der Sauna zu klopfen und um Einlass zu bitten.

Jessica kam immer mehr in Fahrt. Ich schluckte beim Anblick ihrer schönen bebenden Brüste mit den riesigen dunkelroten Knospen darauf und ihrer sorgfältig rasierten Scham, die immer mal wieder in unser Blickfeld tauchte, wenn meine Frau Luft holen musste, oder, selbst vor Erregung ganz außer sich, den Kopf zurückwarf. Ich wette, Phillip konzentrierte sich mehr auf den Körper meiner Frau, der vor Schweiß glänzte und unglaublich verführerisch wirkte. Beide Frauen waren einfach betörend in ihrem Tun und wir hätten ewig so stehen und die heimlichen Voyeure spielen mögen, die ihre braven Ehefrauen „in flagranti“ dabei erwischten, wie sie es miteinander in einer Sauna trieben …

Doch das hemmungslose Spiel schien seinen Höhepunkt zu erreichen. Jessica fing an zu stöhnen und zu wimmern, bäumte ihren Unterleib auf und presste ihre Weiblichkeit unbarmherzig in das Gesicht meiner Frau. Die drehte ihr Hinterteil mal nach links, mal nach rechts, als wollte sie um den Zeigefinger herumrotieren, der sich immer tiefer in sie hineinschob.

Beide Frauen standen kurz vor der totalen Ekstase. Soweit es zu unterscheiden war, erklomm Marion als Erste den Gipfel. Sie schrie vor Lust und riss ihre Freundin schließlich mit in einen Strudel nicht endend wollender Geilheit.

Phillip und ich vergaßen zu atmen. Wir standen ganz starr und das Einzige, was sich bei uns regte, waren wohl unsere Glieder, die fast schon schmerzten vor unbefriedigter Lust.

Marion schob sich schwer atmend von ihrer Freundin weg und robbte auf das andere Ende der Bank zu, wo sie erst einmal liegen blieb. Jessica hatte die Augen geschlossen, ebenfalls nach Atem ringend, die Schenkel immer noch weit geöffnet.

Ich zog Phillip sacht am Arm. Er folgte mir unwillig ins Wohnzimmer. Dort ließen wir uns in die großen Armsessel fallen und starrten vor uns hin, jeder in seine eigenen Gedanken vertieft.

Er war es, der sich schließlich als Erster wieder gefasst hatte. „Los, wir müssen verschwinden, sonst wissen sie, dass wir sie erwischt haben …"

Wir griffen also nach unseren Mänteln und schlichen uns aus dem Haus. Ohne zu reden, schlugen wir erneut den Weg zum Dorfkrug ein. Es war spät genug. Er würde geöffnet haben.

Als wir dort zwei Cognac getrunken hatten, konnten wir langsam wieder klar denken und uns wurde nun erst so richtig bewusst, was wir gesehen hatten.

Unsere Frauen trieben es hinter unserem Rücken miteinander. Auf eine recht hemmungslose und obszöne Weise. Und sie taten das wer weiß wie lange schon.

„Ich bin sicher, sie werden uns morgen wieder aus dem Haus schicken!" Phillip musste mir zustimmen.

„Aber wir werden wieder unvorhergesehen früher zurückkommen." Er nickte grinsend.

„Und dann werden wir uns nicht damit begnügen, vor der Tür stehen zu bleiben und einfach zuzugucken …"

Phillip hatte genau das ausgesprochen, was ich mir schon vorgenommen hatte …

Hemmungslose Lust

Jenny Prinz

Natalie spürte, wie sich zwei starke Arme von hinten um sie schlangen und sie mühelos auf den Schoß des Mannes zogen. Sie verlor den Boden unter den Füßen, wurde nur von dem festen Griff um ihre Taille gehalten. Ein großes erigiertes Glied drückte sich warm an ihren Po, der heiße Atem an ihrem Nacken löste eine Gänsehaut bei ihr aus. Der Mann atmete schnell, seine Erregung war deutlich.

Instinktiv griff Natalie nach hinten, legte ihre Arme um den Nacken des Unbekannten und verschränkte sie dort, hielt sich fest, ihren Kopf an die Halsbeuge gedrückt, die einen angenehm herben, männlichen Duft verströmte. Durch diese Haltung wurde ihr Körper gestreckt, sie drückte ihren Busen hervor, präsentierte sich auf anregende Weise. Als der Mann spürte, dass sie nicht mehr von seinem Schoß rutschen konnte, griff er unter ihre Oberschenkel. Natalie verstand und folgte seinem Wunsch, hob ihm ihre Beine entgegen, so dass er mühelos unter ihre Knie greifen und sie dort festhalten konnte. Mit deutlichem Druck zog er ihre Schenkel auseinander, spreizte sie für den Beobachter, der nun einen ungehinderten Blick auf ihre geöffnete Venus hatte, ihre süße Mitte, die vor Erregung nass glänzte. Noch nie hatte sie sich so gezeigt, so hemmungslos getan, was ein Mann von ihr wünschte. Bereits jetzt glaubte sie, vor Lust zu explodieren …

Nicht weniger erregt war der dunkelhaarige Mann, der vor ihr stand und sie wartend ansah. Auch sein Penis stand steif aufgerichtet und prachtvoll von seinem Körper ab. Natalie konnte ein wenig Feuchtigkeit auf der Spitze glitzern sehen. Sein Gesichtsausdruck zeigte deutlich, dass er sich kaum noch beherrschen konnte, als er seine Blicke begehrlich über ihren schlanken Körper gleiten ließ, ihre festen Brüste und die einladend geöffnete Vulva betrachtete.

„Na komm, mein Freund, nimm sie dir … Danach bin ich dran“, hörte sie die tiefe Stimme des Mannes, auf dessen Schoß sie lag. Die Worte klangen wie ein Versprechen …

Ihre Beine wurden noch ein wenig höhergezogen, noch mehr gespreizt. Hilflos lag sie in den Armen des fremden Mannes, wartete atemlos darauf, dass etwas passierte. Ihr Herz klopfte schnell, ihr Atem ging unregelmäßig. Sie sah in die Augen des attraktiven Mannes vor ihr, versuchte ihm ohne Worte zu übermitteln, wie dringend sie ihn spüren wollte, wie ausgehungert sie war – und es schien zu funktionieren.

Lächelnd trat er einen Schritt näher. Natalie stöhnte leise auf, als seine samtige Spitze ihre feuchte Venus berührte, sie seine Hände auf ihrem Busen spürte. Sie versuchte, ihm mit ihrem Becken entgegenzukommen, doch der feste Griff des zweiten Mannes in ihrem Rücken verhinderte das. Sie fühlte sein Lachen mehr, als dass sie es hörte.

Davon abgelenkt, war sie einen Moment lang unaufmerksam … Mit einem raschen, tiefen Stoß drang der Dunkelhaarige in sie ein. Natalie keuchte laut auf. Ihre Hände griffen fester zu. Sofort zog er sich wieder aus ihr zurück, nur um erneut so tief wie möglich in sie einzutauchen. Endlich! Sie hatte das Gefühl, als würde Lava durch ihre Adern fließen, eine unerträgliche Spannung in ihrem Inneren machte sie fast verrückt. Sie wollte kommen, ihre Erregung war über jedes ihr bekannte Maß hinausgeschossen. Zum Glück hielt der andere sie fest, sie hatte kaum eine Chance, sich zu bewegen, zu verrutschen. In einem schnellen, gleichmäßigen Rhythmus nahm der Mann vor ihr sie in Besitz, wieder und wieder schob er sich so weit in sie, dass seine Hüften gegen ihren Körper klatschten. Die Stöße übertrugen sich auf den Dritten, der zwischendurch ebenfalls ein leises Stöhnen von sich gab. Er schien zu genießen, was er dort sah. Natalie fühlte, wie er den harten Phallus beobachtete, der immer wieder in ihr versank, und wahrscheinlich stellte er sich vor, dass es gleich sein Penis sein würde, der von ihrem heißen Schoß umschlossen wurde.

Erstaunlicherweise heizte Natalie dieser Gedanke zusätzlich an. Sie wusste tief in sich drin, dass ihr ein Mann nicht genügen würde, viel zu lange hatte sie dieses wunderbare Gefühl vermisst. Und sie fühlte sich seltsam wohl dabei, hier hilflos zwischen zwei Fremden zu liegen, die in dieser Nacht ihre Lust in unbekannte Höhen treiben würden …

Ein leises Klingeln irritierte Natalie. Sie spürte, wie ihr Körper zusammenzuckte, und plötzlich fühlte sie statt der Männerhände nur noch weichen Stoff auf ihrem Körper. Eine warme Decke lag auf ihr, ihre Hände hatten sich in ein zerknülltes Kopfkissen gegraben. Das Klingeln nervte. Ohne die Augen zu öffnen, streckte sie ihren linken Arm, um den Wecker auszustellen. Sie grinste; einerseits war es schade, dass es nur ein Traum gewesen war, was sie gerade erlebt hatte. Andererseits jedoch musste sie darüber lächeln, dass sie ihr kleines Erlebnis vom Vortag so beschäftigte. Natürlich wusste sie, wer die beiden Männer in ihrem Traum gewesen waren und sie war sich ziemlich sicher, dass keiner von beiden Interesse an so einer Episode hätte. Trotzdem – heiß war der Gedanke, es einmal mit zwei Männern zu tun, erst recht mit *diesen* Männern. Natalie seufzte. Das Prickeln des Traumes noch in ihrem Schoß, tat sie sich einen kurzen Moment selbst leid. Warum passierte nur ihr immer wieder so etwas?

Sie sehnte sich danach, wieder von einem Mann berührt und in Besitz genommen zu werden. Ein süßes Ziehen in ihrem Delta zeigte ihr, wie erregt sie allein durch so einen Traum war – nun, einen Traum, der wohl niemals Realität werden würde. Was solls?, dachte Natalie, während sie in Gedanken zu der Szene zurückkehrte, die ihr seit gestern unaufhörlich im Kopf herumspukte …

Sie hatte Überstunden gemacht. Da ihre Kollegin im Urlaub war, hatte Natalie doppelt so viel zu tun. Ein Umstand, der eigentlich geändert werden musste, schließlich ging es nicht an, dass die Erholung der einen den totalen Stress für die andere bedeutete. Doch da ihr Chef auf diesem Ohr taub war, blieb Natalie nichts anderes übrig, als die Tür zu ihrem kleinen Büro zu schließen, um wenigstens nicht mitzubekommen, wie alle anderen fluchtartig um 17 Uhr das Gebäude verließen. Sie vergrub sich in Listen und Kalkulationen, blendete die Geräusche ihrer Kollegen aus, die ohnehin nach und nach verebbten. Und bei ihrem nächsten Blick auf die Uhr war es bereits 19.30 Uhr – erstaunlich, wie die Zeit verflog, wenn man einmal Gelegenheit hatte, sich wirklich zu konzentrieren, statt ständig vom Telefon unterbrochen und genervt zu werden.

Natalie hatte jedenfalls genügend geschafft, um nun guten Gewissens die Sachen zusammenpacken zu können. Sie freute sich auf einen gemütlichen Abend, ein heißes Bad und vielleicht auch ein wenig erotische Lektüre, die ihr in letzter Zeit die realen Erlebnisse ersetzen musste. Sie war seit einigen Monaten Single und es war weit und breit kein Mann in Sicht, der sie interessieren würde – mit einer Ausnahme: Merten. Der arbeitete seit Kurzem ebenfalls auf ihrer Etage, doch so unnahbar, wie er immer tat, rechnete Natalie sich kaum Chancen aus, ihm irgendwie näherzukommen. Jegliche Kontaktversuche ihrerseits hatte er zumindest abgeblockt und da Natalie nicht der Typ war, der einem Mann hinterherlief, hatte sie sich seitdem auf professionelle Zusammenarbeit beschränkt.

Als Natalie auf den Flur hinaustrat, herrschte überall Schweigen und Dämmerlicht. Draußen ging die Sonne unter. Sie ließ die Tür hinter sich offen stehen, griff noch einmal in die Tasche, um zu kontrollieren, dass sie ihren Autoschlüssel eingesteckt hatte, und wollte sich gerade Richtung Aufzug in Bewegung setzen, als sie ein lautes Stöhnen hörte. Natalie erschrak; ganz still verharrte sie, um herauszufinden, woher dieses Geräusch kam. Als Nächstes lachte jemand leise und sie hörte, wie ein Mann sprach. Neugierig geworden, versuchte sie die Worte zu verstehen, die aus einem Büro am Ende des Ganges zu kommen schienen, doch dazu hätte sie Ohren wie ein Luchs gebraucht. Wer war denn um diese Uhrzeit noch hier? Und weshalb hatte jemand gestöhnt? Noch bevor sie diesen Gedanken zu Ende gebracht hatte, schlich Natalie in Richtung der Geräusche. Ob da tatsächlich jemand eine heimliche Affäre hatte? Wie sonst sollte sie die Klangfetzen deuten, die sie immer noch aufschnappte? Und um ihrer Neugier die Krone aufzusetzen, hatte sie inzwischen registriert, dass es Mertens Tür war, auf die sie gerade zuging …

Den Roman im Kopf, den sie in ihrer Freizeit gerade las, trat Natalie vorsichtig näher an die offen stehende Bürotür heran, hinter der um diese Uhrzeit noch recht viel Leben herrschte. Das Reden war verstummt, stattdessen waren lautes Atmen und unterdrücktes Stöhnen zu hören. Natalie dachte überhaupt nicht darüber nach, wie peinlich es wäre, hier erwischt zu werden; zu sehr brannte in ihr die Frage, ob es tatsächlich ihr Merten war, der dort mit einer Kollegin – und vor allem, mit welcher? Wer hatte es geschafft, ihn zu verführen? Natalie hätte eine Menge darum gegeben, mit dieser Dame zu tauschen …

Mit angehaltenem Atem trat sie noch einen Schritt näher. Der Spalt in der Tür reichte gerade aus, um auf den Schreibtisch zu schauen, doch andersherum würde sie auch Gefahr laufen, gesehen zu werden. Wenn Merten an seinem Tisch saß, sah er direkt zur Tür. Den Geräuschen nach zu urteilen, saß er dort aller Wahrscheinlichkeit nach nicht. Und wenn, dann war er ziemlich beschäftigt.

Natalie hoffte, dass ihr die Dunkelheit im Flur einen Vorteil verschaffte. Es war ihr gleichgültig, dass sie die ganze Sache ja eigentlich nichts anging; sie wollte wissen, was dort ablief und der Gedanke daran, Merten beim Sex zu beobachten, löste in ihr eine wilde Mixtur der Emotionen aus. Einerseits natürlich Eifersucht, schließlich hatte er auf ihre Annäherungsversuche nicht reagiert. Andererseits prickelte jedoch auch die Lust in Natalie, als sie sich vorstellte, Mertens entkleideten Körper zu sehen. Seinen Penis, seinen knackigen Po – ihn sozusagen in voller Aktion zu erleben. Doch mit dem, was Natalie dann zu sehen bekam, hatte sie in ihren kühnsten Träumen nicht gerechnet: Merten war nicht nackt. Er hatte lediglich sein Hemd aufgeknöpft, so dass sie die glatte muskulöse Brust sehen konnte. Seine Hose war geöffnet, der Slip heruntergeschoben. Mertens hart aufgerichteter Phallus reckte sich vor seinem Unterleib in die Höhe. Ihr Kollege lehnte an seinem Schreibtisch, die Arme nach hinten aufgestützt, die Beine leicht gespreizt; so beobachtete er die Person, die dort zwischen seinen Schenkeln kniete und sich mit Mund und Händen geschickt an seinem besten Stück zu schaffen machte. Er keuchte leise vor Lust. Natalie musste sich auf die Lippen beißen, um sich nicht zu verraten.

Dort auf dem Boden kniete keine der anderen Mitarbeiterinnen. Es war Jonas, der Sohn des Chefs. Natalie glaubte zu träumen, während sie fasziniert beobachtete, wie der dunkle Schopf des jungen Mannes sich auf und ab bewegte, er seine Lippen gleichmäßig und liebevoll über den Schaft des älteren Mannes gleiten ließ.

Merten bewegte unruhig sein Becken, Natalie konnte förmlich spüren, wie schwer es ihm fiel, still zu halten …

In Natalies Unterleib zog es. Wie gern hätte sie ihn berührt, wie gern wäre sie an Jonas' Stelle gewesen! Schon der Gedanke an die samtige Haut in ihrem Mund erregte sie. Sie liebte es, einen Mann oral zu verwöhnen. Doch in diesem Fall legte das Objekt ihrer Begierde anscheinend keinen Wert darauf, dies mit einer Frau zu erleben. Natalie stöhnte innerlich auf. Wie bescheuert von ihr, nicht zu merken, dass Merten auf Männer stand. Jetzt, nachdem sie die beiden dort vor sich sah, fand Natalie, dass sie sich das schon vorher hätte denken können. Aber so war es ja öfter; manchmal sah man den Wald vor lauter Bäumen nicht.

Sie spürte, dass sie feucht wurde. In ihrem Schoß prickelte Lust. Abgesehen von der Unerreichbarkeit der beiden, war es schon ein besonderes Schauspiel, das ihr hier geboten wurde. Nicht nur Merten war eine Augenweide, auch Jonas gefiel ihr schon immer. Nur war von je her allgemein bekannt, dass der Sohn ihres Vorgesetzten auf Männer stand – und außerdem war er einige Jahre jünger als Natalie, was für sie ohnehin ein Hinderungsgrund gewesen wäre.

Merten legte den Kopf in den Nacken. Sie fühlte förmlich, wie er seinem Höhepunkt immer näher kam. Seine Laute wurden heiserer, abgehackter. Natalie konnte sehen, wie sich seine Finger fest um die Schreibtischkante krallten und die Knöchel weiß hervortraten. Jonas hatte seine linke Hand um Mertens Hoden gelegt, streichelte diese sanft, während seine rechte Hand am nass glänzenden Penis des Älteren auf und ab fuhr und die Massage seiner Lippen unterstützte. Immer wieder wechselte er das Tempo, mal wurden seine Bemühungen schneller, dann verlangsamte er die Bewegungen und ließ Mertens Phallus fast ganz aus seinem Mund herausgleiten. Natalie nahm an, dass er in diesen Momenten seine Zunge besonders intensiv einsetzte und die sensible Haut der Eichel reizte. Ihr Kollege jedenfalls quittierte dies mit einem Aufstöhnen, das deutlich signalisierte, wie weit er bereits auf seiner persönlichen Erregungskurve vorangeschritten war.

Natalie musste sich zusammenreißen, um sich nicht ebenfalls zu verwöhnen, während sie dort auf dem dunklen Flur stand und heimlich die beiden Männer beobachtete.

Fast automatisch schob sich ihre Hand zwischen ihre Schenkel, sie fühlte, wie sich ihre Klit vor Verlangen aufrichtete und sich in der Nässe rieb, die sich schnell gebildet hatte. Doch sie wusste, dass das bis zu Hause warten musste.

Merten gab einen knurrenden Laut von sich, als Jonas seinen Penis noch einmal ganz tief in seinen Mund aufnahm. Natalie sah Mertens Hand, die sich in die dunklen Haare wühlte und den jungen Mann daran hinderte, seinen Kopf wieder zurückzuziehen. Anscheinend war es so weit, er verlor die Beherrschung. An seinem Gesichtsausdruck war deutlich abzulesen, dass die Schwelle überschritten war. Noch zwei oder drei Mal bewegte er sein Becken, drückte sich in den warmen Mund des anderen Mannes hinein, dann stöhnte er auf und ließ sich völlig fallen. Fasziniert starrte Natalie in ein vor Lust völlig verzerrtes Gesicht. Doch dann war es ebenso schnell vorbei, wie es angefangen hatte.

Jonas erhob sich. Natalie war klar, dass die Gefahr der Entdeckung immer größer wurde. Die Männer waren nicht mehr völlig in dem gefangen, was sie taten, und auch, wenn sie anscheinend überzeugt waren, allein zu sein, würden sie doch irgendwann merken, dass sie sie beobachtete.

Vorsichtig machte sie einen Schritt rückwärts. Merten zog Jonas an sich, fest drückte sich der junge Mann an den Körper ihres Kollegen. Sie küssten sich, innig und leidenschaftlich. Natalie sah, dass Jonas' Hände fordernd über Mertens Körper glitten, und sie dachte kurz darüber nach, ob es noch weiterging, während ihre Vernunft siegte und sie sich leise, Schritt für Schritt, davonstahl. Das letzte, was sie hörte, war Jonas' Stimme, die zärtlich „Dreh dich um" sagte.

Natalies Phantasie reichte bei Weitem aus, um sich den zweiten Akt in aller Deutlichkeit vorzustellen.

Kaum zu Hause angekommen, siegte dann auch ihre Lust und sie hatte sich mit den Bildern des eben Erlebten im Kopf selbst verwöhnt. Danach war sie eingeschlafen. Und ihr Unterbewusstes hatte die Geschichte dann umgebaut, so, wie Natalie sie gern erlebt hätte.

Beim Gedanken an ihren Traum und den beobachteten Sex zwischen den Männern spürte Natalie, wie erregt sie immer noch – oder schon wieder? – war. Die Vorstellung war wirklich einzigartig gewesen. Natalies Finger schoben sich zwischen ihre Schenkel. Sie spürte die feuchte Hitze, die der Traum in ihrem Schoß hinterlassen hatte, durch den dünnen Stoff des Slips. Mit zwei Fingern glitt sie am Steg vorbei, legte ihre Fingerspitzen auf ihre vor Erregung aufgerichtete Klitoris. Ein wohliges Seufzen entfuhr ihr, als sie anfing, ihre Klitoris sanft zu umkreisen und zu massieren. Ihre Lust stieg schlagartig, heiße Wellen fluteten durch ihren Körper. Sie versuchte, sich ihren Traum in Gedanken wieder ganz genau vor Augen zu holen, und stellte sich vor, wie der harte Penis des gut aussehenden Jonas sich tief in ihr versenkte, hörte in ihrer Phantasie das Stöhnen der

Männer, das sich mit ihrem eigenen heiseren Keuchen vermischte, als sie kam … Und dann war es auch im wirklichen Leben so weit und sie explodierte. Kurz und heftig rauschte der Höhepunkt über sie hinweg. Natalie zog ihre Hand zurück. Nun war es aber wirklich höchste Zeit, endlich aufzustehen …

Im Hotel

Marie Sonnenfeld

Ob er gleich in sie eindringt? In ihre enge Liebeshöhle hineingleitet, die ihn sicher schon verführerisch feucht erwartet? Tief und mit einem einzigen Stoß? Oder langsam und voller Vorfreude, jeden Zentimeter genussvoll auskostend?

Gregor konnte an nichts anderes mehr denken. Die erotischen Geräusche aus dem Zimmer nebenan klangen so unmissverständlich nach Liebesspiel und atemloser Begierde, dass ihm ein Weghören schon längst nicht mehr möglich war. Sie drangen unterdrückt und doch unüberhörbar durch die hellhörige Wand des Hotels zu ihm herüber. Es gelang ihm nicht länger, sich auf etwas anderes zu konzentrieren, zu sehr erregten die Geräusche ihn mittlerweile. Ohne darüber nachzudenken, fand seine Hand wie von selbst den Weg in seine Mitte und legte sich oberhalb der Boxershorts auf seine immer härter werdende Wölbung. Hellwach und durch die süßen, akustischen Reize aus dem Nebenraum angeheizt, lag er da, und sein Bester hatte sich durch den Druck und die Wärme seiner Hand bald vollständig aufgerichtet. Er konnte dem nicht widerstehen, seine Hand nun von oben in den Bund seiner Boxershorts hineinzuschieben. Über seine rauen Schamhaare ließ er seine

Fingerspitzen erst noch an seinem Phallus vorbeigleiten und strichen zart über die weiche Haut seiner Hoden. Gregor atmete tiefer und als seine Hand sich dann doch um sein hartes Glied schloss, stöhnte er unwillkürlich und sehr leise auf.

Ganz eindeutig und in perfektem Einklang stöhnten sein Kollege und dessen Begleitung nun nebenan. Auch wenn sie sich um Zurückhaltung bemühten, war nicht zu überhören, dass sie überaus lustvoll miteinander schliefen. Fieberhaft und vollkommen erregt überlegte Gregor, welcher seiner Mitarbeiter das Zimmer neben seinem gebucht hatte. War es Herr Nolte aus dem Controlling? Oder der neue junge Marketingleiter Jörg Schneider? Gregor kam nicht drauf, wusste aber ganz genau, dass er und seine Gespielin die aufregende Schuld daran trugen, dass Gregor trotz großer Müdigkeit nicht in den Schlaf finden konnte. Die anregenden Laute ihrer sexuellen Aktivität waren hierfür zu deutlich durch die Wand zu hören.

Gregors Puls beschleunigte sich erheblich. Mit geschlossenen Augen lauschte er in Richtung der Wand hinter dem Kopfteil seines Bettes. Er hörte ihre Stimme, als sie den Kollegen rhythmisch ansporņte.

„Ja, weiter! Tiefer!“, forderte sie mit einer rauen Sinnlichkeit, die Gregor überaus heiß fand. Er wagte kaum zu atmen, gebannt hörte er dem Paar im Zimmer nebenan zu. Ihre Worte und ihre Töne höchster Erregung törnten ihn unbeschreiblich an. Mit Daumen und Zeigefinger streichelte er die heiße Haut seiner Penisspitze. Sein Glied pochte ungeduldig und Gregor zögerte nicht länger, seiner eigenen Begierde nachzugeben. Groß und fest stand sein Bester unter dem Baumwollstoff der Shorts in seiner Faust. Sein Herz schlug schneller, als er den Oberkörper in die Kissen presste und seine Vorhaut immer wieder über die Eichel ganz nach hinten zog. Gregor passte sich dem Paar unwillkürlich an, tat es genau dann, wenn er glaubte, dem wollüstigen Aufstöhnen zu entnehmen, dass sein Angestellter erneut in das feuchte Paradies seiner Geliebten eintauchte. So tief, wie sie es verlangte, so weit hinein, wie sie es brauchte. Auf diese Art war auch seine eigene Berührung ähnlich einem Eindringen. Einem Eindringen in einen sich ihm voller Lust öffnenden weiblichen und liebesbereiten Schoß.

Brennend vor Verlangen nach seiner eigenen Partnerin, welche ihn auf dieser Geschäftsreise nicht begleitete, spannte er die Muskeln seines Hinterns an und hob seine Hüfte vom Laken hoch. Sein stattlicher Penis drückte sich dabei tiefer in die Hand hinein, die seinen Schaft fest umschlossen hielt, die Vorhaut währenddessen straff nach hinten ziehend. Speichel sammelte sich, ihm wurde warm und er begann zu schwitzen. Ein kleines Rinnsal lief von seiner Stirn seine Schläfe hinab. Sein Penis zuckte vor Geilheit in seiner Hand, als er die Daumenkuppe fest gegen die Unterseite seiner Eichel drückte. Gregor war scharf wie schon lange nicht mehr, und das allein vom Zuhören und den Bildern seiner Phantasie. Er genoss dieses Gefühl und unterdrückt stöhnte er auf, während seine Bewegungen bald schneller und kraftvoller wurden. Vom Keuchen und dem gedämpften beschleunigten Stöhnen des Aktes im Nebenzimmer begleitet, näherte er sich gemeinsam mit ihnen, nur durch eine Wand getrennt, einem grandiosen Höhepunkt. Nur noch wenige Bewegungen waren nötig, bei ihm wie auch bei dem aktiven Paar eine Tür weiter, um die Sphären höchsten Glücks zu erreichen. Und als er dann ihre erlösenden Laute vernahm, die von der weiblichen Seite durch atemberaubend gutturale Töne unterstützt wurden, gab er jede weitere Beherrschung auf. Er warf den Kopf auf die Seite, biss die Zähne zusammen, um nicht unkontrolliert aufzustöhnen, und ergoss sich ausgiebig über seine Hand und in seine Shorts. Es vergingen keine fünf Minuten, bis er wohlig entspannt in einen tiefen Schlaf fiel.

Frisch geduscht und in Erwartung eines schnellen, aber guten Frühstücks, zog Gregor am nächsten Morgen die Tür seines Hotelzimmers hinter sich ins Schloss. Er schaute noch einmal zur Sicherheit auf seine Uhr: kurz vor halb acht. Um acht Uhr würden sie sich zur ersten Besprechung im großen Konferenzraum dieses Tagungshotels treffen. Genug Zeit also für ein Brötchen und eine Tasse Kaffee. Als er sich auf den Weg zum Aufzug machte und nach nur zwei Schritten die nächste Zimmertür erreichte, wanderte seine Erinnerung automatisch zurück zum vorangegangenen Abend. Zu den Szenen, denen er indirekt beiwohnen durfte. Erneut fühlte er es tief in sich kribbeln, als er schmunzelnd vorüberging.

„Guten Morgen!"

Nanu? Gregor drehte sich erstaunt um und sah, dass es sich um eine auffallend attraktive, dunkelhaarige Frau handelte, die ihm in einer bekannt sinnlichen Tonlage diesen freundlichen Morgengruß hinterhergerufen hatte. Sie trat aus dem Zimmer neben seinem. Das Kribbeln in seinem Inneren nahm zu. Das war sie also. Nun bekam die reizvolle Stimme der letzten Nacht ein Gesicht. Sie sah hinreißend aus! Ihre langen Haare fielen weich über ihre Schultern und ihre schlanke Figur kam in einem schwarzen engen Kleid hervorragend zur Geltung.

„Ihnen auch einen guten Morgen", gab Gregor selbstsicher zurück und erwiderte ihr freundliches Lächeln. Wow! Nun wüsste ich nur noch gern, welcher der Kollegen eine derart umwerfende Frau bei sich hatte, dachte Gregor, als nach ihr Jörg Schneider aus dem Zimmer kam und die Tür hinter sich zuzog. Wer sonst, ich ahnte es doch, ging es Gregor belustigt durch den Kopf, als er auch dessen Gruß erwiderte und sie gemeinsam in den Fahrstuhl stiegen. Auf dem Weg nach unten hielten sie Small Talk und Gregor ertappte sich dabei, dass sein Blick das eine oder andere Mal auf die schöne Unbekannte fiel und seine Gedanken immer wieder zu den Geräuschen und dem Höhepunkt der letzten Nacht abwanderten. Ihr blumiges Parfum stieg Gregor in die Nase. Er erkannte es als das, welches seine Partnerin auch benutzte, und in diesem Moment fühlte er wieder diese brennende Sehnsucht nach ihr wie auch am Abend zuvor, als er sich allein in die Ekstase fallen ließ. Als die Unbekannte den Kopf zur Seite drehte und Gregor sie nur aus dem Augenwinkel wahrnahm, hatte er sogar kurz den Eindruck, es würde sich um seine Christiane handeln, die hier vor ihm stand. Der selbe Duft, die gleichen dunklen Haare, ihre schlanke Silhouette. Der Gedanke blitzte kurz auf, verschwand aber im nächsten Augenblick schon wieder. Gregor zwang sich, an etwas anderes zu denken, er wollte sich nicht in dieses Gefühl hineinfallen lassen. Anders Jörg Schneider. Er hielt seine Eroberung in der Eingangshalle fest im Arm und verabschiedete sich mit einem langen Kuss und innigem Flüstern von ihr.

„Sie ist hübsch." Gregor ließ die Bemerkung fallen, als sie das Restaurant des Hotels betraten.

„Ja, oder?" Der Kollege Schneider strahlte ihn voller Stolz an.

„Und nicht nur das …", fügte er gleich darauf hinzu, wobei sein Strahlen zu einem geheimnisvollen Grinsen wurde, welches Gregor freundlich nickend erwiderte. Er wollte sich zu dieser intimen Andeutung nicht äußern, hatte er am Abend doch selbst gehört, was sie außer „hübsch" nach Meinung seines Mitarbeiters noch alles war.

Der weitere Verlauf des Tages war geprägt von Besprechungen, anstrengenden Meetings und wichtigen betrieblichen Entscheidungen. Entsprechend müde war

Gregor, als er nach dem Abendessen und einem kleinen Umtrunk mit einem der Geschäftspartner in der Hotelbar zurück auf sein Zimmer ging. Sich diesem nähernd, vernahm er auf dem ruhigen Flur bereits die lasziven Laute eines Liebesspiels. Zwar nur sehr leise, aber durchaus wahrnehmbar. Gregor stutzte. Er blieb stehen und hörte genauer hin. Ja, sicher. Kein Zweifel, es klang verrucht nach Sex. Nach einigen weiteren Schritten stellte er fest, dass es aus dem Zimmer neben seinem drang. Schneider schon wieder!, war sein erster Gedanke. Und womöglich wieder mit der sexy Lady von gestern Abend, sein zweiter. Gregor schmunzelte, wunderte sich aber auch, dass man die zwei durch die geschlossene Tür bis auf den Korridor hören konnte. Er trat näher heran und bemerkte, dass die Tür zu Jörg Schneiders Hotelzimmer nur angelehnt war. Sie war anscheinend nicht komplett ins Schloss gefallen, als sie in der Eile der Begierde nachlässig zugeworfen wurde. Gregor hörte ihr leises Raunen, ihre Worte der Lust und des Verlangens. Sie drangen lieblich an sein Ohr. Gott, ihre verlockend sinnliche Stimme. Und ihr betörend schöner Duft! Gregor wusste, dass er weitergehen sollte, trotzdem warf er einen kurzen Blick in den Raum. Er konnte einfach nicht anders, er fühlte sich magisch angezogen.

Nur einen kleinen Bereich des Zimmers konnte er sehen: den Tisch, ein Stück des Teppichbodens und einen Sessel. Ja, und das Fußende des Bettes, auf dem sein Kollege sich mit dieser aufregenden Frau vergnügte, wie nicht zu überhören war. Gregor spürte das heiße Gefühl vom gestrigen Abend zurückkommen. Es schoss ihm geradezu in seine Lenden und ließ heißes Blut in seinen Penis strömen. Gregors Puls begann zu rasen. Nur ein kleines Stückchen, nur ganz wenig, beschwichtigte er sich selbst, als er die Zimmertür vorsichtig weiter aufschob. Das Stöhnen wurde lauter, deutlicher. Er wollte mehr sehen, wollte unbedingt einen Blick auf diese atemberaubende Frau im Bett seines Angestellten werfen. Obwohl er durchaus im Hinterkopf hatte, wie gewagt diese Aktion war, kam er nicht umhin, sie auszuführen. Es war, als würde ihm seine rechte Hand nicht mehr gehorchen, die wie von alleine die Tür weiter öffnete. Vorsichtig und leise.

Kleidungsstücke lagen wild verteilt herum, eine offene Sektflasche stand in Reichweite auf dem Fußboden. Gregor sah das Liebespaar auf dem Bett. Mitten im Akt. Sie waren ineinander verschlungen und hatten die Welt um sich herum vergessen. Die Schöne saß aufrecht auf der Hüfte seines Kollegen und bewegte sich gefühlvoll auf und ab. Beide stöhnten intensiv. Gregor schob seine Hände tief in die Hosentaschen und lehnte sich erregt an den Türrahmen. Auch er begann, alles um sich herum zu vergessen – zu geil war das Bild, das die zwei ihm boten.

Rhythmisch ließ sie ihn immer wieder in ihre feuchte Enge gleiten, nur um sich dann wieder weit emporzuheben und ihn fast ganz herausgleiten zu lassen. Gregor kannte genau das auch von seiner Freundin. Sie liebte es, wenn der Weg des Eindringens weit war, wenn sie es lange fühlen konnte und sich und ihn damit fast verrückt machte. Die rassige Unbekannte legte ihren Oberkörper nun auf die kräftige Brust ihres Liebhabers. Gregor erkannte ihre hervorstehenden harten Knospen, die Jörg Schneiders Haut erst streichelten und sich dann gegen ihn pressten. Bei diesem Anblick wurde Gregors Atem schneller und sein Penis begann zu pulsieren. Mit seinen Händen in den Taschen konnte er ihn berühren, konnte mit seinen Fingerspitzen durch das Taschenfutter über die empfindliche Haut des Schafts und der Eichel streichen. Er unterdrückte nur mit Mühe ein leises Stöhnen. Gregors Lust war riesig, seine Libido fast nicht mehr beherrschbar. Das Paar vor seinen Augen begann sich fallen zu lassen, sie riefen sich stöhnend zu, dass sie nicht mehr lange würden warten können. Gregor glaubte es ebenfalls kaum noch auszuhalten. Auch er fühlte seinen Orgasmus zum Greifen nah. Seine Männlichkeit stand stahlhart unter seinen Fingerspitzen und jede seiner Berührungen löste ein Gefühl wie kleine Stromschläge aus. Sein Blick war einzig auf ihren verführerisch seidig schimmernden Frauenkörper geheftet, der sich ihm in seiner vollkommenen Schönheit darbot. Und dann plötzlich kam sie. Und wie! Sie wurde laut, sie keuchte ihre Lust unbeherrscht heraus. Gregor starrte wie gebannt zu ihr, beobachtete total erregt, wie sie sich ihrem großartigen Gefühl hingab. Er glaubte, seine Hose würde der Spannung nicht mehr standhalten können. Sie war straff bis zum Äußersten gedehnt, da sich sein mächtiger Phallus unter den Boxershorts nahezu frei aufrichten konnte. Auch Gregor stöhnte auf, auch er war nur noch wenige Streicheleinheiten von seinem eigenen Orgasmus entfernt.

In einer fließenden Bewegung hob die Frau sich von Gregors Mitarbeiter herunter. Grazil und katzenhaft. Kurz erstarrte Gregor. Hatte sie dabei zu ihm herübergeschaut? Er meinte vom Schatten der Tür verborgen zu sein, aber ganz sicher war er sich nicht. Was war, wenn sie ihn gesehen hatte? Nicht auszudenken! Langsam zog Gregor sich zurück, gerade als Jörg Schneider sich hinter sie kniete und auf diese Art den Akt beenden wollte. Gregor ging vorsichtig rückwärts, ließ die Tür, wie sie war, und schlich zurück zu seinem eigenen Hotelzimmer, nur wenige Schritte weiter rechts.

Noch immer erregt legte Gregor sich auf sein Bett. Er verschränkte die Arme hinter seinem Kopf und mit einem verwegenen Gefühl im Unterbauch dachte er darüber nach, ob es wohl tatsächlich sein konnte, dass er von ihr entdeckt worden war. Und was war, wenn? Vielleicht hatte es ihr sogar gefallen? Oder sie fühlte sich geschmeichelt? Seine Lust pochte noch immer warm und ungeduldig. Mitten in seinen Gedanken klopfte es an seine Tür. Gregor setzte sich auf. Er zog seine Krawatte zurecht und öffnete. Vor ihm stand die schöne Brünette, die ihn so sehr an seine eigene Freundin erinnerte und die er eben noch im intimsten Moment beobachtet hatte.

„Hallo“, begrüßte sie ihn mit einem neckischen Zwinkern und einem Küsschen auf die Wange.

„Hey, hallo“, erwiderte er ihre Begrüßung und hielt ihr erstaunt die Tür auf. Sie zögerte nicht lange und trat ein. Über ihren wohlgeformten Body hatte sie sich den hoteleigenen Bademantel gelegt, den sie nun lasziv zu Boden gleiten ließ.

„Ich weiß, dass du es auch willst. Ich weiß, wie scharf du auf mich bist“, schnurrte sie dabei und presste sich eng an Gregor. Mit eleganten Bewegungen drängte sie ihn rückwärts Richtung Bett. Als er den Rahmen an seinen Waden spürte, drückte sie ihn so nach hinten, dass er erst darauf saß, dann aber bald schon unter ihr lag. Seine Hose hatte sie geöffnet, indem sie den Reißverschluss mit den Zähnen herunterzog. Er hatte ihr voller Lust dabei zugesehen und sich gefragt, wie sie es schaffte, dabei noch so verdammt gut und verführerisch auszusehen. Sein Penis stand kerzengerade, als sie ihn zwischen ihre vollen, rot geschminkten Lippen legte und ihn gekonnt mit ihrer Zunge umspielte. Ihre Berührungen erschienen ihm herrlich vertraut und wenn er den Kopf hob und dabei nur ihre schmalen Schultern und ihr langes dunkles Haar sah, war ihm wieder, als würde seine Christiane ihn so wundervoll verwöhnen. Er ahnte, dass es nicht lange dauern würde, zu heiß war er bereits vom vorherigen Zusehen. In seinen Lenden zuckte es bereits, als sie über ihm nach oben rutschte und ihn voller Begierde küsste. Ihre Schenkel spreizte sie dabei weit, wobei sein praller Penis wie von selbst in ihre feuchte Mitte hineinrutschte.

Ihre überaus feminine Art, sich auf ihm zu bewegen, war ihm ebenso vertraut wie gerade noch ihre überwältigenden Zungenspiele mit seinem Phallus. In dieses Gefühl ließ Gregor sich fallen. Sie nahm seinen Harten tief in sich auf, um ihn quälend langsam wieder herausgleiten zu lassen, nur damit er dann mit einem einzigen kräftigen Ruck wieder in ihre nasse enge Venus gleiten konnte. Immer wieder, bis an den äußersten Rand ihrer beider Selbstbeherrschung. Wahnsinn, wie er es liebte, wie sehr es ihn an seine eigene Partnerin erinnerte!

Seine Augen hielt er geschlossen, zu intensiv war das Gefühl. Auch als sie kam und er ihr Becken fest auf sich presste, um ihr Beben und ihr Zucken an seinem harten Geschlecht zu spüren, öffnete er seine Augen nicht. Sein eigener Höhepunkt folgte ihrem ganz unmittelbar. Er glaubte angesichts der ungeheuren Wucht und der Gefühlsintensität beinahe den Verstand zu verlieren, als er sich stöhnend und unter ihr windend in ihr ergoss …

Irgendwann in der Nacht öffnete er seine Augen und stellte erleichtert fest, dass er allein war. Verschlafen tastete er an sich herunter und bemerkte, dass seine Hose noch geschlossen und von innen feucht war. Ich muss geträumt haben, sinnierte Gregor, als er die Szenen noch einmal vor sich sah. Ihm wurde dabei klar, dass es tatsächlich Christiane und nicht die unbekannte Gespielin des Kollegen Schneider gewesen war, mit der er im Traum die lustvolle Leidenschaft erlebt hatte. Diese Erkenntnis ließ ihn zu der Gewissheit kommen, dass er auf dem Bett eingeschlafen sein musste, als er, aufgewühlt und vollkommen erregt durch die offene Tür nebenan, zurückgekehrt war.

Zu früh zurück …

Lisa Cohen

Mit quietschenden Reifen fuhr ich in eine der letzten freien Parklücken in der Tiefgarage des Flughafens. Sprang aus dem Auto, hastete in die Abflughalle und lief auf gut Glück zu dem ersten Lufthansa Check-in-Schalter. All mein Bitten und alle meine Argumente halfen nichts. Die Maschine flog pünktlich ab – ohne mich! Ich hatte auf eine Verspätung gesetzt. Bedrückt konnte ich den Flieger von der Gangway wegrollen sehen. Trübe Gedanken setzten sich in mir fest. Es rächt sich eben irgendwann, wenn man alles auf den letzten Drücker macht und zudem noch zu wenig Zeitempfinden hat.

Das war schon immer mein Problem gewesen. Ich war eigentlich in jeder Lebenslage unpünktlich, unterschätzte verbleibende Zeit grundsätzlich und war in beruflichen Angelegenheiten fast nur im Laufschritt unterwegs.

Doch auch mein Privatleben litt mehr oder weniger darunter. Mein Mann warf mir oft genug Unzuverlässigkeit vor und ließ mich immer mal wieder irgendwo einfach stehen oder ging ohne mich …

Ich würde den Termin in München nicht mehr wahrnehmen können. Die nächsten beiden Maschinen waren ausgebucht und ich hatte ohnehin wieder mal viel zu wenig Zeit vor Ort eingeplant – wie immer!

Wütend auf mich selbst, setzte ich mich in das kleine Café neben dem Terminal und trank einen starken Kaffee, aß ein Croissant und brauchte eine gute halbe Stunde, um mich von der Sache zu erholen.

Da ich grundsätzlich ein optimistischer Mensch bin, gewann mein Frohsinn jedoch bald wieder Oberhand. Ich dachte, zu irgendetwas wird es wohl gut sein, freute mich darauf, wieder nach Hause zu fahren und den Tag in meinem schönen Haus zu genießen. Ich rief die Agentur in München an, bei der ich an einem Meeting hätte teilnehmen sollen, faselte etwas von unzuverlässigem Flieger in der Hoffnung, die Einzige gewesen zu sein, die mit dieser Maschine hätte kommen sollen, und überlegte, was ich mit dem Tag noch so anfangen könnte.

Da ich freiberuflich tätig bin, musste ich mich wenigstens nicht noch vor einem Arbeitgeber rechtfertigen, beruhigte ich mein schlechtes Gewissen.

Auf dem Weg nach Hause fiel mir ein, dass ja heute Donnerstag war und unsere Reinigungshilfe vormittags bei uns sauber machen würde. Es war erst zehn Uhr. Sie würde noch rund zwei Stunden beschäftigt sein und so überlegte ich zuerst, doch noch ein paar Einkäufe zu machen, entschied mich dann aber im letzten Moment anders, bog in unsere Straße ein und fuhr auf die Einfahrt vor unserem Haus.

Das Auto von meinem Mann parkte immer noch dort, was ich nicht erwartet hatte. Er hätte längst im Büro sein sollen. Warum auch immer, war er es nicht, aber dann würde ich ihn mit meiner unerwarteten frühen Rückkehr eben einfach überraschen.

Während ich die Haustür aufschloss, verspürte ich einen unerklärlichen Anflug von sexueller Lust. Wir hatten einander etwas vernachlässigt und mit einem Mal hatte ich den dringenden Wunsch, mit Thomas zu schlafen. Oder besser gesagt, es mit ihm zu treiben. Wild und zügellos, so wie früher, als wir noch nicht so eingespannt waren in unsere eigenen Karrieren.

Ich hatte an diesem Tag besonders schöne Unterwäsche an und fühlte mich sexy genug, um ihn damit zu verführen. Ich lauschte, um zu erahnen, wo er sein könnte. Ich meinte ein Geräusch im Gästezimmer zu hören, war mir aber nicht ganz sicher. Ach, und wo war eigentlich Sabrina, unsere Putzhilfe? Ihre Tasche lag wie immer im Eingangsbereich, aber sie hatte, ganz gegen ihre sonstige Gewohnheit, ihre Schuhe nicht ausgezogen. Auch sonst deutete nichts auf eine betriebsame Anwesenheit hin. Kein Eimer, keine Putzmittel oder Lappen lagen herum. Kein Staubsauger war im Einsatz. Es war merkwürdig. Die Stille im Haus gefiel mir mit einem Mal ganz und gar nicht.

Böses ahnend, schlüpfte ich aus meinen Schuhen und schlich vorsichtig die einladende Treppe hoch ins Obergeschoss. Die Tür zum Gästezimmer war ein Stück geöffnet und nun konnte ich ganz eindeutig eine weibliche Stimme hören. Sabrinas Stimme. Flüsternd und aufgeregt.

Mein Herz klopfte wie wild. Konnte das sein? Thomas und Sabrina?

Zugegeben, sie war ganz süß und hatte eine ganz gute Figur, aber mein Mann, dieser solide, im Bett eher etwas unterkühlte Liebhaber, sollte mich so hintergehen und es mit unserer Putzfrau treiben, in unserem Haus, am helllichten Tag? Konnte mein Mann eine dieser typischen Affären haben, die verheiratete Männer in seinem Alter nur allzu oft eingehen?

Noch bevor ich das Gästezimmer erreicht hatte, wusste ich es genau: Er konnte! Es war nicht mehr zu überhören …

Ich pirschte mich heran und blieb stehen, als ich zu sehen bekam, was ich bereits erahnte. Mein Mann und meine Putzfrau vergnügten sich miteinander. Sabrina lag bäuchlings auf dem Gästebett in einer Unterwäsche, die mich nach Luft schnappen ließ. Korsage mit roten Strapshaltern, schwarze Strümpfe und Schuhe mit mindestens 15 Zentimeter hohen Absätzen. Sie schob sich gerade auf den Rücken und öffnete ihre Beine beneidenswert weit. Sie war vollständig rasiert und ich hatte ihre BH-Größe offensichtlich unterschätzt. Sie lag völlig schamlos vor meinem Mann, der mit hoch erigiertem Freudenspender vorm Bett stand und seine vielversprechende Männlichkeit quietschend und wohlwollend begutachten ließ.

Sabrina sah unglaublich sexy aus! Wie hatte ich bloß übersehen können, dass so etwas passieren konnte? Dass mein Mann sich verführen lassen würde? Unfähig, mich zu rühren, starrte ich auf die beiden und wusste nicht, was ich tun sollte.

Ich sah, wie ihre schmalen Hände mit den sorgfältig dunkelrot lackierten Fingernägeln über ihre Brüste strichen, sich selbst streichelten, erst dort, dann am Bauch, und sich schließlich in ihrem Schoß rekelten. Zugegebenermaßen ging eine gewisse Faszination von der ganzen Sache aus, der ich mich nur schwer entziehen konnte, auch wenn ich vollkommen geschockt und entsetzt war von dem Betrug, der da gegen mich stattfand.

Sabrina wusste, wie man einem Mann einheizt. Sie streichelte sich eingehend und eindeutig und ich konnte meinen Ehegatten aufgeregt schnaufen hören. Immer wieder starrte ich auf seine beachtliche Erektion und wünschte mit einem Mal sehnlich, ich würde an ihrer Stelle so vulgär vor ihm liegen und er würde mich in den nächsten Minuten mit seinem Liebesspeer beglücken.

Unser Reinigungsmädchen winkelte ihre Knie an und spreizte sie verboten weit. Ich konnte alles, aber auch wirklich alles sehen. Sie presste ihre Finger an und in sich und wartete, bis mein Mann am ganzen Körper vor Erregung zitterte. Dann, mit einem Mal, richtete sie sich auf und robbte mit heftig schaukelndem Hintern auf Thomas zu. Sie packte ihn an seiner Hüfte und zog ihn so nah an das Bett heran, bis sein Glied problemlos in ihren Mund gleiten konnte.

Mein Blut begann wild in meinem Kopf zu zirkulieren. Ich sah zu, wie ihre dunkelrot geschminkten Lippen sein Glied umschlossen, wie sie mit beiden Händen seinen Schaft packte und so seinen Penis geschickt hin und her dirigieren konnte, ihn in ihren Mund hineinschob und ihn in einer Weise bearbeitete, die ich mir in dieser professionellen Form nicht hätte vorstellen können.

Ihr Treiben entlockte mir einen unvorsichtigen Laut. Sabrina sah zur Tür und erblickte mich. Mein Mann bemerkte mich erst, als sein Glied aus ihrem Mund glitt und sie fassungslos auf mich zeigte. Wir starrten uns an. Die Erektion meines Mannes verschwand, was ich in diesem Moment schade fand. Und dann geschah etwas, was ich nicht erklären kann: Ich ging in das Schlafzimmer hinein, ließ meinen Mantel fallen, hockte mich vor Thomas und griff nach seinem Glied. Ich hatte aufgehört zu denken. Ich sah nicht mehr den gemeinen Betrug, nicht meinen Ehemann, der mich so schamlos hinterging, ich sah nicht die andere Frau, die ich hätte umbringen mögen, ich sah nur diese gewaltige Erektion und konnte mich dieser Verlockung nicht entziehen.

Es dauerte eine Weile, bis sich das zuvor so stolze Glied von dem Schreck meiner Gegenwart erholt hatte, aber ich ließ nicht locker. Ich ließ es auch zu, dass zwei weibliche Hände von hinten die Knöpfe meiner Bluse öffneten und sich sanft auf meine Brüste legten. Ein Schauer tiefster Erregung durchfloss meinen gesamten Körper. Ich griff nach den Hoden meines Mannes, um sie zu kneten. Vor Lust biss ich hinein und erfreute mich an seinem erregenden Stöhnen. Thomas drückte meinen Kopf tiefer in seinen Schoß. Ich ließ mich auf allen vieren nieder und spürte, wie noch mehr Lust in mir hochstieg, als ich die weiblichen Hände an meinem Po spürte. Sie griffen unter meinen Rock, den sie mir irgendwie auszogen, und ich konnte mich dehnen und meine Schenkel ein wenig öffnen, damit die rot lackierten Finger in meinen Slip eintauchten.

Je intensiver ich selbst verwöhnt wurde, umso intensiver verwöhnte ich auch.

Mein Mann zögerte seinen Höhepunkt absichtlich heraus. Zu verlockend und zu erregend war diese Situation für ihn. Er wollte mehr davon und vor allem länger genießen. Ich zitterte vor Erregung zwischen meinen Beinen. Es war mir egal, wer mich dort anfasste, ich war zu geil, um auch nur noch einen einzigen klaren Gedanken fassen zu können.

Das Glied in meinem Mund spannte sich an unter seiner Gier und ich wusste, es würde nicht mehr lange dauern, bis es sich ekstatisch entlud.

Meine Bemühungen verstärkten sich noch und triumphierend lächelte ich, als mein Mann schließlich mit stöhnenden Lauten um den Rest seiner Beherrschung kämpfte, mich plötzlich an sich riss, mich küsste und meinen BH mit einem einzigen Ruck sprengte, mich bäuchlings auf das Bett schob, Sabrina einfach zur Seite drängte, meinen feuchten Slip in Stücke riss und in mich drang, bevor er sich tobend und unersättlich in mir entlud.

Sein Orgasmus war wie eine Orkanwelle, die uns beide unaufhaltsam überrollte.

Ich zitterte vor Wonne und versuchte wieder zu Atem zu kommen. Thomas stieß weiter zu, packte meine Hüften, schob mich an seinem Glied auf und ab, um es wieder groß und stark zu machen. Denn er hatte zu meinem Glück noch lange nicht genug. Hin und wieder warf ich einen Blick auf Sabrina, die uns mit offenem Mund zuschaute. Ihre erstaunt bewundernden Blicke taten mir gut. Meine Wut auf sie war verflogen. Ich weiß wirklich nicht, was in mich gefahren war, und verspürte nur totale Lust und den innigen Wunsch, restlos befriedigt zu werden.

Thomas lief wohl zur Höchstform seines Lebens auf. Sein Glied war binnen kurzer Zeit wieder prall und fest und ich konnte sehen, wie er sich unter den Blicken unserer Zuschauerin sonnte. Er packte mich fester, schob sich noch tiefer als beim ersten Akt in mich hinein und hörte nicht auf, mich zu erobern, bis ich wimmerte vor ekstatischem Glück und lautstark um weitere Orgasmen bettelte.

Wir wechselten die Stellung. Mein Mann schob mich auf das Bett, presste meine Knie auseinander und drückte sich mit immer noch äußerst stabilem Zepter in mich hinein. Er zog meinen Kopf nach hinten, um mich zu küssen, während ich glaubte vor Wonne zu vergehen. Ich fühlte mich so begehrenswert und verdorben wie nie zuvor. Wir trieben uns gegenseitig an mit ungehörigen Obszönitäten. Die Gegenwart unserer Zuschauerin machte es möglich. Ich schrie meine Lust heraus und vertrieb Sabrina so endgültig aus dem Kopf meines Mannes und aus unserem Haus.

Wir hörten die Haustür lautstark ins Schloss fallen und wechselten wieder die Stellung. Thomas schaffte es irgendwie, mich im Stehen zu nehmen. Ich wurde unsanft an die Wand gedrückt, mein rechtes Bein angewinkelt, und bald schon stieß er wieder mit voller Kraft in mich hinein. Unsere Lippen verschmolzen miteinander. Mit beiden Händen presste Thomas meine Brüste zusammen, bis sie vor Lust schmerzten und meine Nippel brannten. Ich griff nach seinen immer noch prallen Hoden und drückte sie, bis sich mein Mann in meinem Schoß aufbäumte. Unser Liebesakt erreichte an diesem Tag neue Dimensionen. Nichts blieb unversucht und fast nichts unerreicht.

Merkwürdigerweise haben wir über diesen Vorfall nie gesprochen. Ich wollte keine Fragen stellen und keine Antworten bekommen. Sabrina ließ sich nicht wieder blicken und wir stellten niemand Neues ein. Mein Mann überschüttete mich in der nächsten Zeit mit Blumen und Geschenken und unzähligen anderen Aufmerksamkeiten. Das war seine Art, sich für diesen pikanten Vorfall zu entschuldigen.

Absolut obszön ...

Mark Pond

Entweder wusste sie es nicht oder sie machte es mit Absicht. Sie war ganz offensichtlich genervt und sie schaute total gelangweilt. Sie schien sich weder für Musik noch für Filme zu interessieren. Warum war sie mitgekommen?

Eine Zeit lang war sie lustlos hinter ihrem Freund hergeschlendert. Jeder Schritt schien ihr zu viel zu sein und sie anzustrengen. Doch dann war sie an einer der Säulen stehen geblieben und hatte sich dagegengelehnt. Sie kaute auch auf dem Kaugummi lustlos herum. Aber sie tat es wenigstens. Vielleicht auch mehr ein Reflex: Ich habe etwas im Mund, also muss ich kauen. Ihr Mund bewegte sich langsam, ihre Lippen öffneten sich manchmal. Schmatzgeräusche konnte ich aus dieser Entfernung nicht hören. Wie auch? Ich hörte Musik. Ziemlich gute.

Bereits auf dem Parkplatz war sie mir aufgefallen. Kinderspiel. Sie war aus einem schwarzen aufgemotzten BMW ausgestiegen. Auf der Fahrerseite stieg ein junger Bursche aus, dessen schwarzes Haar nach hinten gekämmt war. Sehr viel Gel gab dieser Frisur Halt. Seine Haare glänzten in der Sonne, während sie am Kopf klebten. Er war vollkommen weiß gekleidet. Sie trug helle enge Jeans. Sehr enge Jeans. Wie eine zweite Haut. Dreiviertel – oder nennt man sie siebenachtel? Keine Ahnung. Völlig egal. Sah klasse aus.

Nicht zu dünne Waden. Jede Bewegung ihres Körpers, ihrer Muskeln wurde direkt nach außen weitergegeben. Wahrscheinlich ging sie ins Fitnessstudio. Der Freund wahrscheinlich auch, obwohl seine Kleidung keinen Blick auf seinen Körper zuließ.

Bei jedem Schritt, den sie machte, sah man die Form ihres Körpers. Sie machte eine gute Figur. Ihr leicht nach hinten gewölbter Hintern kam gut zur Geltung. Ein Hauch von Stoff umgab ihren Oberkörper, und auch den nur zu einem guten Drittel, wenn überhaupt. Unter dem Stoff, der nahezu durchsichtig war und große Löcher hatte, was aber so gewollt war, befand sich nur noch ein weißer Spitzen-BH. Da auch der knapp bemessen war, wirkte ihr Hals sehr lang. Er schien bereits in Brusthöhe anzufangen. Weil BH und Stoff der Bluse, wenn man diesen Fetzen so bezeichnen wollte, gemeinsam nach oben abschlossen, hatte man einen schönen Blick auf ihr Dekolleté. Es passte alles zusammen. Nichts war zu viel und quoll in Folge der engen Kleidung heraus, aber es war auch nicht zu wenig an ihr dran.

Da der Stoff nicht allzu viel verdeckte oder hielt, wippte die weiche Haut ihrer Brüste angenehm, auch wenn sie langsam ging. Zwischen Jeans und diesem Hauch von durchsichtigem Stoff lugte ihr leicht gewölbter Bauch hervor. Ihren Nabel verzierte ein Piercing. Sie hatte ihre langen blonden Haare nach oben gesteckt, so dass ihr glatter Hals betont wurde und wirklich sehr lang wirkte.

Auf dem Parkplatz war sie hinter ihrem Freund hergegangen und war ihm zu dem gleich neben dem Parkplatz des Medienriesen geparkten Neuwagen des Autohändlers gefolgt.

Offensichtlich tat sie das nur unwillig. Sie trat einen Stein zur Seite. Mit verschränkten Armen unter ihrer Brust stand sie da und starrte Löcher in die Luft, während sich ihr Begleiter die Wagen anschaute. Er sagte anscheinend etwas zu ihr, aber sie reagierte nicht. Sein Kopf dreht sich zu ihr, er lachte, aber sie reagierte immer noch nicht. Sie ließ sich von seiner Begeisterung und seiner Freude nicht anstecken. Irgendwann dreht sie sich um und schlenderte in meine Richtung.

Die Sonne blendete sie und sie kniff die Augen zusammen. Sie fühlte sich unbeobachtet. So konnte ich ihr in aller Ruhe zuschauen. Ich hatte es nicht eilig und blieb noch einen ausreichend langen Moment im Wagen sitzen. Ich wäre ja schön blöd gewesen, wenn ich das nicht genossen hätte. Ihre Haut schimmerte durch den Stoff. Mit nur wenig Phantasie konnte man sich lebhaft vorstellen, welch eine gut geformte Figur unter diesem Stoff lauerte.

Ihre Haut war leicht gebräunt. Und an den Hüften bildete sich beim Gehen auf beiden Seiten je eine kleine Haut- oder Speckrolle. Ich liebe diesen Anblick. Diese kleinen Pölsterchen boten bei anderen Gelegenheiten eine gute Möglichkeiten zum Festhalten, wenn es etwas schneller und heftiger zur Sache gehen sollte. Außerdem wackelten diese Partien, wenn man mit der Hand leicht auf den Hintern schlug.

Jetzt trug sie ihren Körper dort nur spazieren, während sich ihr Freund für die größeren Autos zu interessieren schien. Sie interessierte sich anscheinend nur für ihr Kaugummi.

Sie blieb stehen, hob den Kopf und blinzelte in die Sonne. Sie schloss die Augen dabei und genoss die Wärme, die ihr Gesicht und ihre Haut bedeckte. Das schien ihr zu gefallen. Mir gefiel das auch, denn sie stand nur ein paar Meter von mir entfernt und hatte mich ganz offensichtlich nicht bemerkt. Aber wie schon gesagt, entweder merkte sie es nicht oder sie tat es mit Absicht. Sie war eine gute Vorlage. Ein paar Minuten in dieser Position und es wäre eine nette Unterbrechung gewesen.

Wenig später, sie waren dann doch noch vor mir in das Gebäude des Medienriesen gegangen, hörte ich gerade eine CD, die in die engere Wahl gekommen war, in meinen Besitz überzugehen. Doch ich war ziemlich unentschlossen.

Ich war zwar ganz in die Musik vertieft, schaute mir aber den Verkaufsraum an. Mein Blick schweifte über die Auslagen und Ständer und hin und wieder visierte ich einen Kunden oder eine Kundin an, um sie einen Moment zu beobachten.

Die CD-Player befanden sich bei der Information in einer Ecke und so hatte ich einen guten Überblick in drei Richtungen. Und da sah ich sie wieder. Immer noch gelangweilt, trottete sie hinter dem jungen Mann her, der entweder nicht merkte, dass sie es furchtbar öde fand, oder dem es egal war, oder er war einfach nur daran gewöhnt, dass sie so schaute und herumlief. Vielleicht guckte sie auch immer so, wobei ich mir das nicht vorstellen konnte.

Ich sah sie schon in verschiedenen Stellungen, bei denen sie mehr als nur das Gesicht verzog und gelangweilt an einem Kaugummi herumlutschte oder kaute. Anderen Leuten schien es ebenfalls so zu gehen. Denn alle männlichen Kunden, die in ihrer Nähe waren, zeigten reges Interesse an ihrem Anblick. Einige blieben stehen, wenn sie auf sie zukam, andere drehten sich um, wenn sie an ihnen vorbeiging. Diese Männer waren sich einig. Ihr Einkauf hatte sich gelohnt. Wenn auch nur visuell.

Jeder, der sie sah, hätte gern mit dem Kaugummi getauscht, auf dem sie herumkaute, den sie gelegentlich aufblies und wieder in ihren Mund beförderte. Ihre Zunge leckte mal flink und dann wieder langsam über ihre Lippen. Dabei verlagerte sie immer wieder das Gewicht von einem Bein auf das andere. Wieder diese schaukelnde Bewegung.

Auch die Verkäufer, die ja jeden Tag, besonders im Sommer, Frauen sahen, die spärlich bekleidet waren, schienen wie paralysiert. Einer ließ einen Stapel CDs fallen, ein anderer hörte die Frage einer Kundin nicht und sie musste zwei Mal nachfragen, bis sie ihn endlich am Arm zog, um sich Aufmerksamkeit zu verschaffen. Von wegen jeder Kunde ist König, hier lief eine Königin herum – oder war es eher noch eine Prinzessin? –, die die Männer verrückt machte. Nicht nur die jungen Männer. Und möglicherweise ließ sie auch das eine oder andere Frauenherz höher schlagen.

Ich lauschte unterdessen der Musik, die dicht an meinen Ohren leise dröhnte, lächelte in mich hinein und freute mich auf den Abend. Ich war mit Agnes verabredet und so, wie der Tag angefangen hatte, versprach er noch besser zu werden.

Agnes kannte ich seit vier Wochen und wir waren Feuer und Flamme füreinander. Für Anregungen jedoch bin ich immer aufgeschlossen. Ich holte mir unterwegs Appetit, um zu Hause zu essen. Gute Laune steckte Agnes an. So konnte ich davon ausgehen, dass es auch heute wieder ein guter Abend werden würde. Angeregt war ich und gute Laune hatte ich auch. Und sie wurde immer besser.

Mit der Musik in den Ohren, den Gedanken an Agnes und dem Anblick dieser jungen Frau vor Augen, fing meine Hose an zu spannen. Und als ich gerade anfing, meinen Tagträumen nachzuhängen – was ich gern und ausführlich mache –, also die Bilder in meinem Kopf gerade anfingen, sehr konkret zu werden, und die Hose immer mehr spannte, da bemerkte ich, wie sich ihr Gesichtsausdruck veränderte. Und dann ihre Körperhaltung. Plötzlich dachte ich, ich sehe nicht richtig! Sie fiel um. Nein, sie fiel nicht um. Nicht richtig. Sie knickte in den Knien ein und glitt langsam an der Säule herunter. Sie fiel aber nicht zur Seite, sondern rutschte mit dem

Rücken gegen die Säule gepresst herunter. Und ich hatte den Eindruck, dass sie sich dabei umschaute, nur mit den Augen. Sie dreht nicht den Kopf. Sie schaute nach rechts und links, kaute auf ihrem Kaugummi und glitt an der Säule nach unten.

Unten angekommen, legte sie sich auf den Boden und schloss erst jetzt die Augen. Ob sie einen Laut von sich gab, konnte ich nicht sagen, denn ich hörte ja noch immer meine Musik. Ihr Freund registrierte nicht, was hinter seinem Rücken passierte. Er befand sich auf dem Weg in meine Richtung, mit ein paar CDs in den Händen. Neben mir waren noch zwei CD-Player und Kopfhörer frei. Er schaute mich an, ich nickte zurück und lächelte, schaute aber schnell wieder an ihm vorbei, um zu sehen, was jetzt geschah.

Zwei Männer, die sie auf ihrem Weg zu den Kassen beobachtet hatten, schauten sich an und eilten sofort zu ihr. Ein Verkäufer, ich glaube, es war der, der die CDs hatte fallen lassen, rannte los und war der Erste, der bei ihr war. Er ging auf die Knie und tätschelte ihre Wangen. Als die beiden anderen bei ihnen waren, sagte er etwas zu ihnen, die beiden nahmen sie unter den Armen, der Verkäufer nahm sie an den Beinen und sie trugen sie an einer Kasse vorbei in den Bereich, von dem ich wusste, dass sich dort Toiletten, ein Aufenthaltsraum für Personal und ein Erste-Hilfe-Raum befanden.

Meine Neugierde war stärker als der Wunsch, mich für die richtige Musik zu entscheiden. Ihr Freund nickte im Takt der Musik neben mir mit dem Kopf. Seine

Füße bewegten sich ebenfalls, er war in das Booklet einer CD vertieft. Ich nahm den Kopfhörer ab, legte die CDs, die ich hören wollte, auf einen Stapel DVDs, die konnte ich später holen, und folgte den vieren. Ich sah gerade noch, wie sie hinter der Tür zum Erste-Hilfe-Raum verschwanden.

Die Tür war einen Spalt breit offen, so dass ich hineinschauen konnte. Die Männer legten die junge Frau auf die Liege. Kaum lag sie, griff sie nach dem Verkäufer. Er erschrak zuerst, als er merkte, dass sie mit seiner Hose beschäftigt war. Doch sie war sehr flink und hatte umgehend befreit, was sie wollte. Er leistete keinen Widerstand. Sah nur etwas verblüfft aus. In ihrer Hand schwoll er schnell an. Und da änderte sich auch sein Gesichtsausdruck.

Einer der beiden anderen hatte bereits selbst die Hose geöffnet, als er sah, was passierte, sie hinunterrutschen lassen und sich so hingestellt, dass sie ihn in den Mund nehmen konnte. Er hielt ihren Kopf, damit es für sie nicht allzu unbequem war. Der dritte Mann half ihr aus der engen Hose. Sie hob das Becken an und er streifte die Jeans und ihr Höschen über den Po und die Beine.

Sobald beides auf dem Boden lag, klappten ihre Schenkel auseinander. Der dritte zog sich ebenfalls die Hose herunter und stellte sich zwischen ihre Beine. Bevor er mit seinem Besten in sie hineinglitt, küsste er ihre feuchten Lippen zwischen ihren Beinen. Ich sah, wie sich sein Kopf etwas hoch und runter bewegte. Er stellte sich wieder hinund ich konnte beobachten, wie sich die Muskeln seines Hinterns anspannten, dann packte er sie an den Hüften und mit einem Ruck war er dort, wo sie ihn haben wollte. Ein Zucken und Stöhnen durchfuhr ihren Körper. Sie ließ währenddessen weder den Verkäufer aus der Hand noch gab ihr Mund den anderen Kunden frei.

Ich öffnete die Tür etwas weiter, schlüpfte hindurch und schloss sie hinter mir. Für mich hatte sie nur noch eine Hand frei, aber das war mir egal. Ich zog meine Hose herunter, stellte mich so hin, dass sie mich sehen konnte, und sofort griff ihre freie Hand nach mir. Nachdem ich ihrem Mund und ihren Lippen kurz zugeschaut hatte, nestelte ich mit den Händen an dem Stoff herum, der ihren Oberkörper umhüllte. Schneller als ich dachte, hatte ich ihre Brüste befreit und spielte mit ihren Brustwarzen.

Im Takt der Stöße, die von unten kamen, bewegten sie sich hin und her. Der Mann zwischen ihren Beinen ließ sich etwas nach vorn fallen, stützte sich mit einer Hand auf der Liege ab, während die andere sich auf ihre Brust legte. Seine Bewegungen wurden schneller und hektischer, sein Atem ging schneller, dann richtete er sich wieder auf, griff sich zwischen die Beine, zog sich aus ihr heraus und kam … Anschließend verließ er den Raum.

Ich dachte schon daran, seinen Platz einzunehmen, aber sie ließ mich nicht schnell genug los. Auch ihr Mund und die andere Hand machten weiter, als hätte sich nichts verändert.

Die Tür wurde wieder geschlossen. Und ich schaute auf. Da war jemand schneller als ich.

Den Farbigen hatte sie nicht kommen sehen.

Sie hatte den Kopf hochgehoben, ich hielt sie. Nein, das kommt später …

Sie hatte ihn zwar nicht kommen sehen, aber als er da war, wo sie ihn haben wollte, da merkte sie sofort, dass etwas anders war. So ausgefüllt war sie noch nie gewesen. Er kam und trat einfach an die Stelle desjenigen, bei dem es sehr schnell gegangen war. Ihr Bauch glänzte feucht. Er stellte sich zwischen ihre noch immer gespreizten Beine, ließ die Hosen herunter, klopfte mit seiner wachsenden Erregung auf ihre feuchten Lippen, bis er seine volle Größe erreicht hatte, und drang ein. Und in diesem Moment reagierte sie. Sie spürte sehr deutlich, dass es nicht einfach noch einer war, der sie nehmen wollte. Der hier war größer, länger, anders. Eindringlicher sozusagen. Ausfüllender. Es erinnerte sie an den großen Dildo, den sie sich gekauft hatte. Die Nachbildung eines Penis. Mehr als lebensgroß, dachte sie bis dahin jedenfalls. Aber das hier war trotzdem anders, wärmer, härter, von Blut durchströmt und lebendiger und beweglicher. Es hatte ein Eigenleben, das gab und forderte. Sofort beim Eindringen spürte sie es. Deswegen hob sie den Kopf.

Sie erschrak zuerst. Ließ dann den Kopf aber sinken und ließ ihn machen. Weil er genügend Platz hatte, konnte er seinen Körper richtig gut einsetzen. Er legte ihre

Beine auf seine kräftigen Arme, hielt sich und sie gleichzeitig fest und schob sich vor und zurück, immer mit dem gesamten Körper. Es war aber auch eine Augenweide, ihm bei seinem Tun zuzuschauen. Nichts und niemand würde ihn jetzt noch aufhalten können, das sagte sein Körper, das sagten Mimik und Gestik. Dass ihm drei weitere Männer zuschauten, schien er kaum zu merken, es störte ihn nicht oder er fand es erregend.

Zunächst ging er behutsam vor, als er aber fühlte, dass er loslegen konnte, weil sie sich ihm angepasst hatte, spürten wir alle eine Veränderung in der Haltung ihres Körpers. Sobald er seinen Rhythmus gefunden hatte, konnte sie sich nicht mehr auf ihre Hände, geschweige denn auf ihren Mund und dem, was sich darin befand, konzentrieren. Ihr Körper wurde vor und zurück geschoben. Alles an ihrem Körper musste sich dem Rhythmus dieses potenten Mannes unterwerfen und anpassen.

Ich spürte zwar, dass ihre Hand noch mit mir beschäftigt war, aber nicht mit der Kraft und Konsequenz, mit der sie begonnen hatte. Auch mein direkter Nachbar wurde vernachlässigt, er hätte sich schon mit ihrem wackelnden Kopf mitbewegen müssen. Also schaute auch er fasziniert und wohl ebenfalls ein wenig neidisch zu – so wie ich. Denn was der Farbige ihr zu bieten hatte, das war doch allerhand mehr als das, was wir ihr geben konnten.

Er brachte sie völlig aus der Fassung. Er machte sie richtig fertig. Ich fand das toll, bin ich doch ein visuell veranlagter Mensch. Den Verkäufer schien das alles aber nicht mehr zu stören, denn er nahm sich plötzlich selbst in die Hand, stellte sich dicht an sie heran, rieb noch zwei, drei Mal vor und zurück, zuckte, stöhnte und ergoss sich. Auch er zog sich schnell wieder an und ging. Er musste ja arbeiten.

Und dann hatte sich ihr Mund wohl doch noch ausreichend bewegt. Der andere Mann löste sich von ihren Lippen, ließ gleichzeitig ihren Kopf weit nach hinten in den Nacken kippen, so dass sie seine Hoden lecken konnte, und sofort löste sich auch bei ihm die Spannung und er kam.

Jetzt waren nur noch ich und der Farbige mit ihr beschäftigt. Und aufgrund seiner schneller werdenden Bewegungen und seines Stöhnens war klar, was gleich passieren würde. Doch bevor sie das zuließ, ließ sie erst einmal mich los und stützte sich auf ihre Ellenbogen. Ich stellte mich hinter sie und sie lehnte ihren Kopf und ihren Rücken gegen mich.

Sie hielt sich an der Liege fest und bot ihm sehr energisch Widerstand. Seine Stöße wurden ebenfalls energischer. Beide schauten sich an, stöhnten, und dann durchfuhr ein Zittern und Zucken ihren Körper. Sie schrie laut auf, warf den Kopf in den Nacken und ließ ihren Höhepunkt ihren sich immer noch schüttelnden Körper durchfluten.

Der Farbige zwischen ihren Beinen packte noch einmal kräftig zu und zog sie gegen sich. Gerade in dem Moment, in dem sie den Kopf hob und schauen wollte, was da vor sich ging, zog er sich aus ihr zurück und ließ seiner Befriedigung freien Lauf … Sie stieß einen spitzen Schrei aus, während er durch seine strahlend weißen Zähne dunkel stöhnte und sich in den Händen hielt. Nach ein paar Augenblicken, er hatte die Fassung wiedererlangt, lächelte er sie an, macht einen Schritt zurück und zog sich an.

Wir schauten ihm hinterher. Dann schloss er die Tür. Ich suchte meine Taschentücher, half ihr, sich ein wenig frisch zu machen, bevor sie sich bei mir auch noch befriedigend bedankte. Ich war der Einzige, den sie vorher küsste, dann ging sie vor mir auf die Knie und ihr Mund, ihre Lippen und ihre Zunge, aber auch ihre Augen beendeten, was ihre Hand angefangen hatte …

Als ich zurückkam, stand sie wieder an der Säule, kaute auf ihrem Kaugummi und wartete, bis ihr Freund endlich so weit war. Er brauchte wohl nur beim Einkaufen etwas länger, das schien ihr Gesichtsausdruck zu sagen. Sonst war er anscheinend schneller. Zu schnell. Und ich ahnte jetzt auch, warum sie so gelangweilt schaute, wenn sie mit diesem jungen Mann, der eher schmal gebaut war, unterwegs war. Sie brauchte mehr, davon hatte ich mich überzeugen können.

Ich sah in Gedanken noch einmal ihren Gesichtsausdruck, als sie erstaunt feststellte, was der Farbige alles in ihr versenkte, ohne dass sie schmerzvoll aufschreien musste. Er passte in sie hinein. Alles, was er zu bieten hatte. Und sie fand das gut, sehr gut sogar.

Der junge Mann in Weiß küsste sie flüchtig auf die Wange, gab ihr einen Klaps auf den Hintern und beide gingen zu den Kassen. Ich folgte ihnen mit den Augen und kurz bevor sie hinter der Kasse verschwanden, drehte sie den Kopf und schaute mich mit einem überhaupt nicht gelangweilten Lächeln über die Schulter hinweg an. Es klopfte heftig in meiner Hose.

Jemand tippte mir auf die Schulter. Ich zuckte zusammen, drehte mich um und sah in die Augen eines Verkäufers. Er signalisierte mir mit den Händen, den Kopfhörer abzunehmen.

„Hier, gerade haben wir sie reinbekommen."

Ich verstand erst nicht, was er meinte. Dann wachte ich vollends auf. „Ach ja, danke, das ist aber nett."

Ich hatte vorhin nach einer neu erschienenen CD gefragt und er hatte angeboten, wenn ich Zeit hätte, würde er sie mir bringen, sobald er sie ausgepackt hatte. Das Warten hatte sich gelohnt!

PC-Absturz mit Folgen

Diane Bertini

Als Bernd am Morgen ins Büro kam, nahm ihn sein Chef zur Seite, bevor sich der junge Mann überhaupt an seinen Arbeitsplatz begeben konnte.

„Bernd, könnten Sie nicht mal kurz nach meinem privaten PC sehen? Er fährt zwar ganz normal hoch, doch nach spätestens drei Minuten stürzt er ab. Ich hab leider keine Ahnung von so was, das wissen Sie ja“, bat er Bernd.

Das Wohnhaus von Bernds Arbeitgeber lag nur wenige Meter von seiner Arbeitsstelle entfernt und so nickte Bernd.

„Meine Frau ist zu Hause. Sie weiß Bescheid“, hörte Bernd seinen Vorgesetzten dankbar brummen, schnappte sich eine kleine Werkzeugkiste und machte sich auf den Weg.

Das Anwesen war feudal. Bernd glaubte zu träumen, als er die lange Auffahrt zu dem riesigen Bungalow passierte. Der Garten ähnelte mehr einem Park und musste mindestens 2.000 Quadratmeter groß sein. So würde ich auch gerne wohnen, grübelte Bernd, während er die Klingel drückte.

Eine hübsche schwarzhaarige Frau, die etwa Anfang 30 sein mochte, öffnete Bernd die Tür.

„Sie müssen Bernd sein", begrüßte sie ihn freundlich und ließ ihn ins Haus.

„Toll, dass Sie so schnell Zeit hatten", plapperte sie fröhlich weiter, während Bernd seine Blicke nicht von ihrem Ausschnitt nehmen konnte. Die Frau war absolut phantastisch gebaut. Sie hatte gigantische Brüste, die sich durch eine dünne Bluse drückten und den Stoff über ihrem Busen spannten. Sie bemerkte es und Bernd beobachtete, wie sich die feinen Härchen auf ihren nackten Armen aufstellten und sie plötzlich etwas schneller atmete.

Sie führte ihn in eine große Bibliothek, deutete auf einen Schreibtisch, auf dem eine Tastatur stand, und sagte: „Da ist das Ding. Ich bin gleich zurück, hol Ihnen nur schnell eine Tasse Kaffee. Sie mögen doch Kaffee, oder nicht?"

Bernd nickte schweigend, stellte das Köfferchen mit dem Werkzeug ab und holte den Computer unter dem Schreibtisch hervor.

Während er sich an dem Gerät zu schaffen machte, war die Frau aus dem Zimmer gegangen und hantierte im Nebenraum. Als sie zurückkam, trug sie nur einen schwarzen Lackbody und lange schwarze Stiefel.

Schweigend drückte sie ihm eine Tasse Kaffee in die Hand und schob ihre Finger zwischen ihre Oberschenkel. Sie berührte mit einladender Geste ihren Venushügel, zeichnete mit den Fingern ihre Schamlippen durch den engen Body nach und schob schließlich mit der anderen Hand das weiche Leder zur Seite.

Bernd schluckte und befeuchtete sich nervös die trockenen Lippen. Provozierend sah er sie an und überlegte. Donnerwetter, dachte er, die geht ganz schön zur Sache! Offensichtlich ist mein lieber Chef doch nicht so aktiv, wie er hin und wieder, wenn auch ganz diskret, durchblicken lässt.

„Du hast nur darauf gewartet, einen Mann im Haus zu haben, du kleines Biest?“, röchelte er leise.

„Ja. Ich bin immer auf der Suche nach einem netten willigen Burschen. Und deiner ist willig“, sagte sie und fasste ihm ungeniert zwischen die Beine.

Bernds Glied drückte durch die Hose.

Er trat auf die Frau zu, riss sie an sich und küsste sie auf den Mund. Seine Lippen pressten sich leidenschaftlich auf ihre und seine Zunge schob sich forsch dazwischen. Er spürte, wie gierig die Frau war. Er ließ seine Finger nach unten gleiten und untersuchte ihr sorgfältig rasiertes Dreieck. Seine Finger kreisten um ihre Lustperle. Sie stöhnte erregt auf. Bernd zerrte sich die Hose vom Körper, dehnte die Frau über den Schreibtisch und legte ihren Oberkörper darauf ab. Erst vorsichtig, dann immer kecker, ließ er seine Zunge geschickt mit ihren rosa schimmernden Brüsten spielen. Sanft umkreiste er ihre steil aufgerichteten Brustwarzen und verteilte seine Küsse auf ihrem wundervollen Busen. Ihr Stöhnen wurde immer erregter.

„Aah, ich mag das! Spiel weiter mit ihnen“, sagte sie und für einen Moment war Bernd unsicher, was er tun sollte. Dann nahm er ihre erregten Warzen zwischen

Daumen und Zeigefinger, rieb sie immer wieder daran und saugte sich schließlich daran fest. Ein wohliges Gejammer folgte.

„Ich liebe das!“, erklärte sie leise flüsternd, erhob sich und deutete Bernd an, es sich bequem zu machen. Gierig nahm sie sein erigiertes Glied zwischen ihre warmen Lippen und schloss den Mund, als irgendwo im Haus eine Tür zufiel. Bevor Bernd reagieren konnte, stand sein Chef schon fast neben ihm.

„Dachte ich es mir doch, dass ihr euch diese Gelegenheit nicht entgehen lasst. Raus hier!“, schrie er und schien einem Tobsuchtsanfall nahe. Blitzschnell hatte die Frau sich von Bernd gelöst, strich nervös ihre langen Haare zurück und griff nach einer Decke, die auf einem Sessel lag. Während sie sich diese um den Leib schlang, schlüpfte Bernd in Windeseile in seine Jeans, raffte Hemd und Schuhe zusammen und machte, dass er aus dem Haus kam. Er rannte zu seinem Auto und ließ sich erleichtert auf den Fahrersitz fallen, als er bemerkte, dass sein Chef ihm nicht folgte. Erst dann zog er seine restlichen Klamotten an und schlüpfte in seine Turnschuhe.

Mist, verdammter, schimpfte er mit sich selbst, während er das Auto startete. Das war’s jetzt wahrscheinlich mit meinem Job. Dabei hatte es ihm in der kleinen Computerfirma immer so gut gefallen. Wütend auf sich selbst fuhr er zurück in die Firma, bat seinen Vorgesetzten um einen Tag Urlaub und verließ das Gebäude. Er wusste noch nicht genau, wie er sich seinem Arbeitgeber gegenüber verhalten sollte, fuhr deshalb in ein nahe gelegenes Waldstück, stellte sein Auto ab und unternahm einen langen Spaziergang, um darüber nachzudenken.

Schließlich fasste er sich ein Herz, suchte auf seinem Handy die Nummer seines Chefs und stellte eine Verbindung her.

„Kramer", meldete sich wenige Augenblicke später am anderen Ende ein Mann.

„Herr Kramer, Bernd hier …", begann der junge Mann zu stottern.

„Ist schon gut, Bernd", hörte er seinen Chef sagen. „Ich kenne meine Frau. Ich weiß, dass Sie nicht viel dafür können. Sie hat sie ganz einfach vernascht, nicht wahr?"

Bernd zögerte. Er konnte unmöglich die Schuld von sich weisen.

„Na ja", sagte er, „ich hätte ja nicht unbedingt mitmachen müssen!"

„Das ehrt Sie. Aber lassen Sie sich deshalb keine grauen Haare wachsen. Im Grunde habe ich es sogar direkt genossen …"

Bernd glaubte seinen Ohren nicht zu trauen.

„Sie haben uns beobachtet?"

„Klar. Eine ganze Weile. Und als ich selbst scharf auf meine Frau war, habe ich die Tür leise geöffnet und sie dann lautstark wieder ins Schloss geschmissen", gab Kramer lachend zu. „Es war nicht das erste Mal. Jetzt beruhigen Sie sich. Gehen Sie nach Hause. Und wenn Sie morgen früh wiederkommen, ist die ganze Angelegenheit vergessen“, fügte er gönnerhaft hinzu und trennte die Verbindung.

Bernd wischte sich über die Augen und holte tief Luft. Das schien gerade noch einmal gut gegangen zu sein. Trotzdem hatte er ein lausiges Gefühl, als er am nächsten Morgen die Firma betrat. Prompt ließ Kramer ihn bei sich antanzen.

Ist wohl doch nicht alles gut, überlegte Bernd, während er sich auf den Weg zum Firmeninhaber machte. Aber der schien alles andere als schlecht auf ihn zu sprechen zu sein.

„Setzen Sie sich“, sagte er und drückte Bernd eine Tasse Kaffee in die Hand.

„Und jetzt mal von Mann zu Mann“, meinte er und blinzelte verschwörerisch mit den Augen.

„Übrigens, ich heiße Klaus.“ Kramer reichte Bernd die Hand und wirkte belustigt.

„Weißt du, meine Frau ist unersättlich. Aber ich liebe sie. Also lasse ich sie ab und zu etwas über die Stränge schlagen“, erklärte er das gestrige Geschehen.

„Zudem ist sie nach so einer Affäre meist etwas reumütig und mir willenlos ergeben. Was ich natürlich geschickt für mich nutze“, lachte Kramer.

Fragend sah Bernd ihn an.

„Na ja, ich kann dann so ziemlich alles von ihr verlangen. Ich …“ Kramer zögerte einen kurzen Moment, bevor er weitersprach. „Ich liebe es, dabei zuzusehen, wenn sie es mit einer anderen Frau tut. Es erregt mich jedesmal maßlos. Meist endet es damit, dass wir uns zu dritt im Bett tummeln. Ich steh eben auf so was“, sagte er und zuckte mit den Achseln.

„Und wie geht das jetzt weiter?“, fragte Bernd neugierig.

„Ich werde heute Abend eine Bekannte zu uns nach Hause einladen. Wir werden uns einen Porno ansehen, damit wir richtig schön in Stimmung kommen und dann, mal sehen …“

Den Rest seiner Phantasien behielt er für sich.

Bernd schien einen Augenblick angestrengt nachzudenken, bevor er zu seinem Chef sagte: „Darf ich Ihnen einen Vorschlag machen?“

Klaus Kramer nickte und bot seinem Angestellten dabei das Du an.

„Raus mit der Sprache“, grinste er erwartungsvoll.

„Meine Uschi ist eine heiße Frau“, begann Bernd zu sprechen.

„Was halten Sie … Entschuldigung, was hältst du davon, wenn wir euch heute Abend besuchen kommen? Ich könnte meine Frau vor euren Augen vernaschen und dann sehen wir, was passiert. Wir lieben gewisse Praktiken, die euch bestimmt auch gefallen.“

Kramer verzog die Lippen zu einem unanständigen Lachen.

„Abgemacht“, stimmte er freudig erregt zu.

„So gegen acht?“

Bernd nickte und verzog sich in sein Büro. Er war froh darüber, dass die ganze Angelegenheit so gut für ihn ausgegangen war. Uschi würde er leicht davon überzeugen können, dass sie ein kleines Opfer für die Sicherung seines Arbeitsplatzes bringen musste.

Kurz nach 20 Uhr stand das hübsche Paar vor dem Bungalow. Uschi war ebenso begeistert wie Bernd am Morgen und rieb sich die Augen angesichts des prächtigen Anwesens.

Kramer und seine Frau erwarteten sie bereits. Kramer, der nur eine Jeans trug, stellte Uschi seine Frau Linda vor, die nur mit hauchdünner Reizwäsche bekleidet war. Sie sah absolut phantastisch aus und Uschi verdrehte in gespieltem Ernst die Augen.

„Wenn ich gewusst hätte, was mich hier erwartet, hätte ich mir etwas mehr Mühe für meinen Auftritt gegeben."

Linda lächelte kokett. „Keine Angst. Du sieht toll aus! Und ein hübsches Dessous kann ich dir gerne leihen", sagte sie freundlich.

Kramer führte die Gäste in einen riesigen Raum im hinteren Teil des Hauses. In der Mitte des in warmen Tönen gehaltenen Zimmers stand ein riesiges Eisenbett, das mit einem Latex-Bettlaken bezogen war. Auf einem kleinen Tischchen daneben standen vier Gläser und eine Flasche Champagner. Bernds Chef präsentierte sich als perfekter Gastgeber und wenig später herrschte ausgelassene Stimmung.

„Ihr wolltet uns doch zeigen, wie ihr zusammen Spaß habt, oder?", begann Kramer vorsichtig, seine Gäste aus der Reserve zu locken.

„Tut euch also keinen Zwang an", grinste er und zeigte mit einladender Geste auf das riesige Bett.

Uschi trippelte mit wackelnden Hüften darauf zu, wobei sie alle paar Schritte ein Teil ihrer Garderobe ablegte. Als sie sich auf die Bettkante setzte, trug sie nichts außer einem schwarzen Tanga und schwarzen Seidenstrümpfen. Die High Heels schleuderte sie einfach von ihren winzigen Füßen. Dann gab sie Bernd ein Zeichen und lockte ihn mit ihrem Zeigefinger zu sich. Auch Bernd entkleidete sich auf dem Weg zum Bett und bald schmuste das Paar hingebungsvoll miteinander. Es schien, als hätten sie ihre neugierigen Zuschauer längst vergessen. Bernd küsste Uschi leidenschaftlich, warf sie dann aufs Bett zurück und spreizte ihre Beine. Genüsslich strich er über die Innenseite ihrer Oberschenkel. Er nahm ihre Arme zurück und bat sie, sich am Eisengestell des Bettes festzuhalten. Dann erhob er sich und wühlte in einem kleinen Koffer, den er bis dahin nicht aus den Händen gegeben hatte. Er öffnete ihn und hantierte darin herum, als suche er etwas ganz Besonderes.

Uschi öffnete für einen kurzen Moment die Augen und beobachtete ihn heimlich. Sie war liebestoll und derart heiß auf eine scharfe Nummer, dass sie sich ungeduldig fragte, was Bernd da tat. Er entnahm dem Köfferchen zwei Handfesseln und kettete sie damit vorsichtig und darauf bedacht, ihr nicht weh zu tun, ans Bett. Wieder streichelte er liebevoll die Innenseiten ihrer festen Schenkel und wandte sich dann erneut dem Köfferchen zu. Schließlich zauberte er daraus einen beinahe schon monströsen Vibrator hervor. Das Gerät war schwarz, lang, unglaublich dick und hatte Noppen am oberen Ende. Unsagbar sanft setzte er die schwarzen dicken Noppen auf ihrer Klitoris auf und berührte beinahe ängstlich ihre Knospe.

„Reib mich!“, forderte Uschi ihn lüstern und unmissverständlich auf.

„Schnell!“

Dabei beobachtete sie verstohlen ihre Gastgeber, die dem Paar wie gebannt zusahen. Die Begierde stand ihnen ins Gesicht geschrieben.

Bernd tat, was seine Frau von ihm verlangt hatte, und knetete währenddessen ihre vollen Brüste. Dann leckte er genüsslich über ihren gesamten Oberkörper, bedeckte Brüste und Bauch mit zarten Küssen und seifte sie dabei mit einem Gleitgel ein. Seine Uschi war wirklich eine Augenweide und er war verdammt stolz auf sie.

Erneut griff er in seinen Koffer und zog zwei silbern glitzernde Ringe heraus, die er mit zwei Klemmen an ihren Nippeln befestigte. Eine kleine Welle von Schmerz durchfuhr die Frau, bevor sie das Gefühl, ihre Warzen würden unendlich fest von einer Männerhand gerieben, so richtig genoss. Ein erneuter Griff in den Koffer förderte ein Spreizgerät hervor, wie es Gynäkologen in ihren Praxen verwenden. Kramer sog hörbar die Luft ein, als er sah, was Bernd in Händen hielt. Er warf seiner Frau einen kurzen Blick zu und das Paar näherte sich langsam dem Bett. Die beiden wollten nun alles so genau wie möglich beobachten und ließen sich schließlich ebenfalls auf dem riesigen Möbelstück nieder. Bernd rieb das blitzende Gerät eben genussvoll mit Öl ein, bevor er es mit funkelndem Blick und einem kurzen Ruck zwischen den Beinen seiner Frau versenkte. Uschi stöhnte auf. Mit riesigen Augen starrte Bernd durch das Gerät und rieb dabei sein Glied.

„Mein Gott, was für ein herrlicher Anblick!", raunte er. Der Mann war so erregt, dass er dabei schon seinen ersten Höhepunkt erreichte. Ungeduldig versetzte Kramer seinem Angestellten einen kleinen Stoß und schob ihn zur Seite. Er war versessen darauf, ebenfalls durch das blitzende Spreizgerät zu blicken. Auch er konnte nicht an sich halten, nahm sein Glied in die Hand und rieb es, bis er ebenfalls lautstark zu einem Höhepunkt kam. Linda folgte der erotischen Szene mit wachsender Begeisterung.

„Mach mich nass", hörte sie Uschi eben mit heiserer Stimme sagen. Ein Kribbeln fuhr durch Lindas Unterleib und sie war gespannt darauf, was folgte. Bernd erhob sich und stellte sich breitbeinig über seine Frau. Kramer war von dem heißen Spiel ebenso begeistert wie Linda und starrte Uschi an.

Die junge Frau riss eben die Augen auf und freute sich auf die heiße Nässe, die sie gleich berieseln würde. Bernd hielt seinen aufgerichteten Freudenspender genau über das hübsche Gesicht und ließ die ersten Tropfen über seine Frau perlen. Uschi war jetzt wie von Sinnen und schrie: „Reib dein Nass über mich, mein Schatz, bitte!", bat sie flehend.

Wieder tat Bernd, was sie verlangte …

„Was jetzt?“ wollte er dann wissen.

„Was Kleines für meinen Hintern?“, schlug sie mit vor Wollust heiserer Stimme vor.

Kramer und seine Frau zitterten mittlerweile vor Erregung und hockten mit weit geöffneten Augen und Mündern auf dem Bett.

Wieder wühlte Bernd im Koffer und zog einen zierlichen rosafarbenen Dildo heraus. Er ölte das Spielzeug ein und spielte damit an der Hinterpforte von Uschi.

„Und jetzt würde ich dir gerne etwas Gutes tun“, gab sie lechzend von sich.

Bernd kniete sich über seine Frau, so dass sein steil aufragender Penis genau vor ihrem Mund tanzte. Uschi stöhnte vor Vorfreude laut auf, öffnete den Mund und küsste den kleinen Freund ihres Mannes begierig. Dann drückte sie sanft die Vorhaut zurück und leckte mit Hingabe seine Eichel. Flink züngelte sie über die samtene Hülle. Sie umspielte sein Glied mit ihrem Mund und der Zunge, presste die Lippen fest um seine harte Männlichkeit, saugte ihn schließlich tief in ihren Mund hinein. Bernds Finger krallten sich in die Haare seiner Frau, er zuckte hin und her und begann, mit vorsichtigen Stößen tiefer in ihren Mund einzudringen. Dann zog er sein Lustorgan zurück, ließ Uschi wieder an seiner Eichel knabbern und spielen und stieß erneut vor, bis er seinen Gipfel erreichte.

Nach einigen Minuten, die er dringend zum Verschnaufen brauchte, schob er seinen Penis neben den schwarzen Vibrator in das Becken seiner Frau. Sie stöhnte erregt auf und umarmte Bernd heftig. Sie zog ihn an sich, küsste ihn leidenschaftlich und presste ihren Unterkörper fest gegen seinen. Uschi spürte, wie der kleine Bengel in ihrem Inneren wieder stramm und fest wurde und Sekunden später kopulierten sie heftig miteinander.

Jetzt konnten auch Kramer und seine Frau nicht länger nur zusehen. Angetan von so viel Sinnlichkeit und Erotik, nahm Kramer Linda von hinten, während diese ihre Brüste an Bernds Rücken rieb. Sie hatte seinen athletischen Körper schon gestern genossen und erfreute sich am Muskelspiel seiner Hinterseite. Bernd massierte mit der rechten Hand die Schatzkammer Lindas und stimulierte mit seinen Fingern ihre Öffnung. Fest rieb er ihre Klitoris und hörte erst auf, als die Frau ihren Orgasmus endlich hinausschrie. Im selben Moment atmete auch Uschi schneller, ließ ihren Atem zischend aus ihrem weit geöffneten und voller Wonne strahlenden Mund fahren und spürte gleichzeitig, wie Bernd in ihren Unterleib ejakulierte. Auch Kramer beflügelte diese lustvolle Orgie und er machte ebenfalls seinem liebestollen Rausch mit einem tiefen Stöhnen Luft. Als Uschi endlich wieder klar denken konnte, setzte sie sich leicht auf und sah Bernd strahlend an.

„Ich wäre eben fast verrückt geworden vor Geilheit. So etwas habe ich noch nie erlebt."

Bernd nickte verstehend.

„Ich glaube, das lag an unseren interessierten Zuschauern", sinniert er.

Uschi lachte und gab ihm insgeheim recht. Es hatte sie tatsächlich sehr erregt, zu wissen, dass sie beobachtet wurden. Bernd hatte wieder einmal richtig gelegen mit seiner Vermutung, dass ihr derartige Spielchen gefallen würden.

Schließlich lagen die beiden Paare erschöpft, aber zufrieden auf dem breiten Bett und versicherten sich gegenseitig, dass dies nicht ihr letztes Treffen gewesen sein sollte.

Der sexy Mitbewohner

Jenny Prinz

Franziska fand Nico vom ersten Tag an süß. Er hatte ihr damals die Tür geöffnet, als sie das freie Zimmer in der WG besichtigen wollte. Für Franziska war in jenem Augenblick klar, dass sie hier einziehen würde. Das Zimmer konnte gar nicht so schrecklich sein, als dass sie auf diesen tollen Mitbewohner verzichten würde. Nico war zwar nicht viel größer als sie, aber dafür muskulös und gut gebaut. Dunkle Locken hingen ihm in die stahlblauen Augen und er hatte immer einen leicht amüsierten Zug um den Mund. Diese Mischung aus Coolness und Humor mochte Franziska besonders an ihm. Mit keinem Mann konnte sie so lachen wie mit Nico. Leider war ihre Beziehung darüber noch nicht hinausgekommen. Inzwischen wohnte sie seit vier Monaten in der WG und wenn sie auch oft versucht hatte, mit Nico zu flirten, so war sie doch immer gescheitert. Dafür saßen sie manchmal stundenlang in der Küche und Franzi hatte Spaß daran, ihn durchzufüttern. Kochen konnte er nämlich überhaupt nicht, der angehende Herr Informatiker. Das hatte sie schnell gemerkt.

Anscheinend bin ich nur die kleine Schwester für ihn, dachte Franziska betrübt. Er war ja auch wirklich an die sechs Jahre älter als sie, aber gerade das reizte sie nur noch mehr. Die Jungen aus ihrem Jahrgang waren alle viel kindischer und ihr bisher einziger Freund gehörte ebenso in die Kategorie. Na ja, das war nun vorbei. Mit dem Beginn ihres Studiums hatte Franzi ein neues Leben angefangen.

Trotzdem musste sie sich langsam eingestehen, dass das wohl nichts mehr werden würde mit Nico. Er zeigte zwar Interesse an ihr, aber leider nicht so, wie sich Franziska das in ihren heimlichen Tagträumen von ihm wünschte. Stattdessen wurde sie von Nils angehimmelt, einem Kommilitonen, der zu ihrer Lerngruppe gehörte. Niedlich war der zwar auch, aber lange nicht so gut aussehend wie Nico …

Freitagabend waren sie und einige Freunde in der neuen Cocktailbar gelandet, die in der City eröffnet hatte. Sie hatten viel Spaß und Franziska war von den vielen leckeren Drinks schon vor Mitternacht dermaßen angeheitert, dass sie darauf verzichtete, noch weiter mitzuziehen. Schließlich war am Montag eine Klausur angesagt und da musste sie noch einiges für tun. Als Nils ihr anbot, sie nach Hause zu bringen, sagte sie erleichtert Ja. Das ersparte ihr ein Taxi, denn allein zu Fuß gehen wollte sie nun wirklich nicht. Vor ihrer Haustür angekommen, sah Nils ihr in die Augen.

„Du bist total süß, Franziska.“

Ihr Herz klopfte schneller. Er gefiel ihr ja eigentlich auch nicht schlecht … und außerdem war sie nicht zu Hause ausgezogen, um jetzt wie eine Nonne zu leben.

Sie wusste, dass Nico heute Abend unterwegs und Nadja, die das dritte Zimmer der WG hatte, übers Wochenende nach Hause gefahren war.

Als Nils sie küsste, schlang sie ihre Arme um ihn und erwiderte den Kuß. Sie schmiegte sich an ihn und spürte, wie es sich in seiner Hose regte. Beschwipst wie sie nun einmal war, zog sie ihn mit sich in den Hauseingang und die Treppe in den ersten Stock hinauf. Nils folgte ihr ohne zu zögern. Er hatte lange gebraucht, bis er sich traute, den ersten Schritt zu tun, und war nun völlig überrascht von ihrer Heftigkeit. Schon vor ihrem Zimmer begann sie, ihn auszuziehen. Während sie ihn leidenschaftlich küsste, nestelte ihre Hand an seinem Shirt und den Knöpfen seiner Jeans. Franziskas letzter Sex lag Monate zurück und sie hatte das Gefühl, völlig ausgehungert zu sein. Nils konnte es kaum fassen und begann ebenfalls, Franziska von ihrer Kleidung zu befreien. Atemlos knöpfte er ihre Bluse auf und streichelte ihre wohlgeformten Brüste. Sie sog die Luft ein, als er über ihre aufgerichteten Brustwarzen strich. Achtlos ließen sie die Klamotten fallen und Franziska zog Nils in ihr Zimmer.

Nils schob ihre enge Jeans über die Hüften und sank mit ihr auf das Bett. Ihre Küsse waren voller Lust und als Nils' Finger zwischen ihre Schenkel fuhren, spürte er schon durch den Slip deutlich die Feuchtigkeit und Wärme, die von Franzis süßer Leibesmitte ausging. Sein Penis pochte, alles Blut zog sich in seinem Unterleib zusammen. Er stöhnte auf, als ihre Hände seinen Luststab aus den Shorts befreiten und zärtlich begannen, ihn zu reiben. So kannte er die fast schüchterne Franziska nicht und ihre Wildheit verschlug ihm den Atem. Seine linke Hand wühlte in ihrem kurzen Haar, während er mit der rechten versuchte, ihren dunkelblauen Slip abzustreifen. Franzi half ihm, in dem sie kurz die Hüften hob. Die ganze Zeit über massierte sie seinen Schaft, so dass er schon Angst bekam, sich direkt in ihren Händen zu ergießen. Doch in diesem Moment hörte Franzi auf. Besorgt darüber, etwas falsch gemacht zu haben, hielt auch Nils inne. Doch seine hübsche Kommilitonin griff nur in die Schublade ihres Schreibtisches und zauberte ein Kondom hervor.

Franzi war froh, dass sie schon vor Wochen zur Sicherheit eine Packung besorgt hatte. Lächelnd drückte sie es Nils in die Hand, der voller Vorfreude die kleine Verpackung aufriss und das Gummi über seinen prallen Penis streifte. Und dann kniete sie sich über ihn und er spürte ihre heiße feuchte Höhle direkt über seiner Eichel.

Als sie ihr Becken senkte, drang er langsam in sie ein. Er fühlte, wie der anfängliche Widerstand nachgab und er sich ganz in ihrer Mitte versenkte. Diese Enge fühlte sich einfach unbeschreiblich an! Franziska hatte leise gestöhnt; ihre Augen waren geschlossen und anscheinend genoss sie es sehr, seinen harten Luststab so tief in sich zu spüren. Nils zögerte einen Moment, doch dann begann er, sich zu bewegen. Nun hob auch Franzi ihr Becken rhythmisch an und bewegte sich mit ihm im Gleichklang. Das Blut rauschte in seinen Ohren, als sie schneller wurde. Ihr Stöhnen war nun lauter und sie keuchte: „Ja … ja, ja, ja … gut so!“ Ihre runden Brüste schaukelten im Takt der Stöße. Franziska saß aufrecht, ihre Hände auf seinen Oberschenkeln abgestützt. Ihre Hüften schoben sich vor und zurück. Nils klammerte sich an die Decke und genoß diesen heißen Anblick, als er spürte, wie sein Harter anfing zu pulsieren. Lange konnte er es nicht mehr zurückhalten, dafür war dieses Mädchen einfach zu scharf. Ihre Muschel war so eng und doch gleichzeitig so unwahrscheinlich weich. Nils keuchte.

Franziska spürte, dass seine Stöße heftiger und schneller wurden. Hoffentlich konnte er es noch einen Moment rauszögern, sie war noch nicht so weit. Schnell schob sie eine Hand unter sich, um mit einem Finger zusätzlich ihre Perle zu stimulieren. Sie war so unwahrscheinlich erregt, der Alkohol tat sein Übriges – auf keinen Fall durfte er vor ihr kommen. Es war ihr völlig egal, dass noch nie ein Mann gesehen hatte, wie sie sich selbst berührte. Sie wollte kommen, jetzt, sofort! Nils fielen fast die Augen aus dem Kopf, als sie begann, ihre empfindliche Stelle zu reiben. Fast hätte Franzi grinsen müssen, als sie in sein Gesicht schaute. Und dann bemerkte sie links von sich eine Bewegung …

Franziskas Kopf schoss herum. Und starrte in Nicos blaue Augen. Regungslos stand er in der offenen Tür und beobachtete die Szene. Franziska kam völlig aus dem Takt: Was machte der hier? Panisch hätte sie am liebsten sofort innegehalten.

Die Erregung war wie weggewischt, der Alkohol verflogen. Doch Nils, der von Nicos Anwesenheit nichts mitbekommen hatte, stieß noch einmal tief in sie und dann spürte Franziska, wie er zum Höhepunkt kam. Ein lang gezogenes Stöhnen erklang, als er sich in ihr ergoss.

Nico stand einfach dort. Franziska glaubte, vor Scham im Erdboden versinken zu müssen. Schnell zog sie die Bettdecke über sich, zumindest so weit es ging. Auf dem größten Teil lag Nils. Mit einem Arm versuchte sie, ihren Busen zu verdecken. Sie wusste nicht, was sie sagen sollte. Sie konnte aber auch Nicos Gesichtsausdruck nicht deuten. War er geschockt? Amüsiert? Erregt? Am meisten hätte sie ja auf eifersüchtig gehofft, aber das konnte es wohl nicht sein. Nils hatte inzwischen auch bemerkt, dass etwas nicht stimmte, und starrte nun ebenfalls zur offenen Tür. Franziska kam sich so lächerlich vor. Was tat sie hier eigentlich? Warum hatte sie mit Nils geschlafen? Hilflos sah sie von einem zum anderen. Und endlich, immer noch wortlos, ging Nico in sein Zimmer und schloss leise die Tür hinter sich.

Am nächsten Morgen traute Franziska sich kaum in die Küche. Nils hatte sie nach dem Fiasko in der Nacht direkt aus der Wohnung komplimentiert; als er sie küssen wollte, hatte sie den Kopf weggedreht. Sie schämte sich, ihn so zu behandeln, aber sie konnte nicht anders. Sie wollte keine Beziehung mit ihm. Und außerdem war ihr die ganze Sache so unendlich peinlich! Als sie endlich aus ihrem Zimmer schlich, war es schon fast Mittag. Nicos Tür war geschlossen und Franzi atmete auf. Doch als sie gerade begonnen hatte, Kaffee aufzusetzen, stand er wie aus dem Erdboden gewachsen hinter ihr.

„Hast du mich erschreckt!" Franzi wurde rot, sie konnte ihm nicht in die Augen schauen. Und irgendwo tief in ihr drinnen regte sich außer Peinlichkeit noch etwas anderes: Wut. Warum stand sie hier wie eine erwischte Sünderin, wo es ihn doch überhaupt nichts anging, was sie mit anderen Männern tat? Das hatte ihn nicht zu interessieren, schließlich wollte er nichts von ihr.

„Bitte entschuldige", sagte Nico nun leise. Franziska horchte auf.

„Das war unmöglich von mir." Meinte er jetzt das Erschrecken oder die Sache letzte Nacht? Na ja, unmöglich war beides. Franzi wartete ab. Nach einer Schweigeminute fügte er noch hinzu: „Ich war nur so perplex darüber, … dich so zu sehen."

„Ich war auch ziemlich erschrocken. Ich dachte, du wärst nicht zu Hause gewesen."

Ihre Wangen brannten immer noch vor Verlegenheit.

„Ich war eingeschlafen und bin von dem Gepolter auf dem Flur wach geworden." Er schaute stur auf einen Punkt hinter ihr.

„Jedenfalls … äh … du sahst ganz schön heiß aus. Was war denn der Typ für ein Idiot?" Franziska glaubte, sich verhört zu haben. War das ein Kompliment? Von Nico? Und was fiel ihm ein, über Nils herzuziehen?

„Nur ein anderer Student. Hat mich nach Hause gebracht, weil ich ganz schön was getrunken hatte."

Sie brachte es nicht fertig, ihn zu verteidigen. Sie wollte nicht, dass Nico dachte … ja, was eigentlich? Dass sie jetzt einen Freund hatte, vergeben war?

Eine Weile standen sie noch schweigend herum. Keiner schien so recht zu wissen, was er sagen sollte. Bis Franziska es nicht mehr aushielt und ins Bad flüchtete, wo sie erst einmal eine lange, entspannende Dusche nahm.

„Du sahst ganz schön heiß aus …" Nicos Worte gingen ihr nicht aus dem Kopf. Ob er jetzt vielleicht doch gemerkt hatte, dass sie nicht nur seine „kleine Schwester" war?

Später am Abend saß Franziska in ihrem Zimmer und lernte für die Klausur am Montag. Sie schämte sich immer noch, wenn sie an die Szene dachte, die sich in der letzten Nacht auf genau dem Bett abgespielt hatte, auf dem sie nun saß. Plötzlich klopfte es an der Tür und Nico kam herein.

„Darf ich?" Er deutete auf das Bett. Franzi nickte stumm. In ihrem Bauch kribbelte es. Was wollte er? Diese Frage war überflüssig, denn Nico setzte sich neben sie auf das Bett – und dann küsste er sie. Ganz unvermittelt. Heftig. Und genauso plötzlich ließ er sie wieder los. Er wirkte tatsächlich unsicher. Aber genau diese Situation hatte Franziska sooo lange herbeigesehnt. Wortlos zog sie ihn zu sich heran und erneut fanden sich ihre Lippen. Nicos Zunge in ihrem Mund fühlte sich so gut an! Doch sie wollte mehr als nur einen Kuss. Franziska begann, Nicos Körper zu streicheln. Langsam glitten ihre Hände unter sein T-Shirt und liebkosten seine Brust. Sie spürte, dass er eine Gänsehaut bekam. Seine Brustwarzen richteten sich auf. Nun gingen auch seine Finger auf Wanderschaft. Er hatte wunderschöne Hände, das war ihr bereits oft aufgefallen. Und genau diese Hände begannen jetzt, sie zu verwöhnen.

Zärtlich streichelte Nico Franziskas Körper. Erst nur die Stellen, die er leicht erreichen konnte, doch als er keine Gegenwehr spürte, traute er sich endlich unter ihre Kleidung. Franziska hatte wieder begonnen, ihn zu küssen. Sie fühlte, dass er zögerte, sich wohl selbst unsicher war, was sie hier eigentlich taten. Auf keinen Fall durfte er daran zweifeln, dass dies genau richtig war. Franziska wollte nicht, dass er sich Gedanken über ihr Alter machte. Außerdem steigerte sich ihr Verlangen nach diesem süßen Mann mit jeder Sekunde, die er ihr so nah war. Deshalb versuchte sie, möglichst direkt und verführerisch zu sein und erfahren zu wirken. Sie zog ihn neben sich in eine liegende Position und begann, seine Hose zu öffnen. Die pralle Wölbung seines Schrittes zeigte ihr deutlich seine Erregung. Als sie ihre Finger in den Bund seiner Boxershorts schob und mit den Fingerspitzen seinen steifen Penis berührte, atmete Nico hörbar ein. Franziska begann, die Hose samt Slip hinunterzuschieben, und er half ihr, indem er seine Hüften kurz anhob.

Sein harter Phallus war so groß, dass Franzi Mühe hatte, ihn vorsichtig aus der Hose hinauszubugsieren. Ihre inzwischen ziemlich feuchte Venus kribbelte, als sie sein bestes Stück nun direkt vor sich sah. Es war steinhart und schön geformt, lud dazu ein, es in den Mund zu nehmen. Franziska betete, nun bloß nichts falsch zu machen. Sie hatte erst einmal einen Penis im Mund gehabt und sie wollte sich auf keinen Fall vor Nico blamieren. Sie legte ihre Hand an die Peniswurzel und zog die Vorhaut zurück. Langsam schlossen sich ihre Lippen um seinen Schaft. Ihre Zunge strich sanft über die Eichel. Nico brummte wohlig. Zuerst beschränkte sie sich darauf, ihn nur mit der Zunge zu streicheln. Sie zeichnete die Konturen der Eichel nach und saugte sanft an ihr. Nico rekelte sich lustvoll. Franziska begann, den Schaft mit ihrer Hand zu massieren, während sie weiter den oberen Teil seines Luststabs mit ihrem Mund bearbeitete. Nico stöhnte auf. Als sie es wagte, einen Blick in sein Gesicht zu riskieren, sah sie, wie er sie beobachtete. Anscheinend törnte es ihn an, ihr dabei zuzuschauen.

„Mach weiter, meine Süße“, flüsterte er fasziniert.

Diesem Wunsch kam sie gern nach. Sie entspannte sich, anscheinend gefiel ihm wirklich, was sie da tat. Etwas fester schlossen sich ihre Lippen, ihr Saugen wurde heftiger. Ihre Zunge glitt immer wieder über seine empfindliche Eichel, während ihre Hand seinen Besten massierte. Nico begann zu stöhnen. Er hatte seine Finger in ihren Haaren versenkt und hielt ihren Kopf, als nun auch ihre Lippen an seinem Stab auf und ab fuhren. Franziska spürte, wie sehr es sie erregte, was sie tat. Und noch mehr gefiel ihr seine Lust, sein Stöhnen, die Hand, die in ihren Haaren wühlte. Zwischen ihren Beinen wurde es immer feuchter, sie spürte ihre aufgerichtete Klit zwischen den Schamlippen, wenn sie ihre Beine zusammenpresste. Unruhig bewegte sie ihren Unterleib. Nico bemerkte das und Franziska wurde von ihm an sich gezogen, so dass er wieder ihren Mund küssen konnte.

„Du sollst auch was davon haben", sagte er leise zu ihr und schnell entledigten sich die beiden dem Rest ihrer Kleidung.

Als sie nackt neben ihm lag, zog Nico sie fest in seine Arme. Er küsste sie leidenschaftlich, während seine Finger ihren Weg in Franzis nasse Mitte fanden. Er berührte mit den Fingerspitzen ihre empfindliche Perle, Franzi keuchte laut auf. Nico lächelte sie an. Er genoss es, ihre Leidenschaft zu spüren.

„Du bist so herrlich nass, meine Kleine ... Du machst mich ganz verrückt!" Seine Stimme klang dunkel, heiser. Und dann drang er mit den Fingern in sie ein. Franziska drückte sich seiner Hand entgegen, doch er hatte sie schon wieder rausgezogen, benetzt mit noch mehr Liebessaft. Wieder streichelte er ihre Klit und Franziska klammerte sich an ihn, überzeugt, diesem heftigen Gefühl nicht lange standhalten zu können. Geschickt massierte er ihren kleinen Lustknopf und entlockte ihr ein immer lauteres Stöhnen. Sie versteckte ihr Gesicht an seinem Hals. Das war einfach zu gut, ihre Gefühle überwältigten sie. Und dann kam sie, alles in ihr zog sich zusammen und konzentrierte sich auf diesen kleinen Punkt unter seinen Fingern. Der Höhepunkt überrollte sie und Franziska stöhnte, zitterte und presste seine Hand zwischen ihren Schenkeln zusammen. Weitere Berührungen konnte sie in diesem Moment nicht ertragen. Nico verstand und hielt seine Hand still, damit sie sich etwas beruhigen konnte. Sanft löste er sich von ihr und blickte ihr ins Gesicht.

„Hast du Kondome hier?"

Noch atemlos nickte Franziska und holte das zweite Exemplar innerhalb von 24 Stunden hervor. Geschickt rollte Nico es über seinen pochenden Penis. Auch er wollte sich nun nicht mehr zurückhalten. Vorsichtig legte er sich auf sie und nachdem er sicher war, dass sie es auch wollte, drang er liebevoll in sie ein. Er stöhnte, als sein Luststab von ihrem engen Paradies umschlossen wurde. Sie hatte ihn mit ihren Lippen so scharf gemacht, aber das hier übertraf alles. Seit er sie letzte Nacht so sexy und aufreizend gesehen hatte, war ihm klar, dass er dieses Mädchen wollte. Und jetzt in ihr zu sein und nicht einfach nur zuzustoßen, bis der erlösende Orgasmus da war, erforderte seine ganze Konzentration. Er zog sich aus ihr zurück, nur um wieder ganz tief in sie einzudringen. An ihrem Gesicht sah er, wie erregt und glücklich sie wirkte, und er steigerte das Tempo ein wenig. Trotz aller Selbstbeherrschung spürte er schon nach wenigen Stößen, wie es in ihm zu pumpen begann, und er keuchte laut, als ein langer, heftiger Höhepunkt ihn schüttelte. Tief in ihrer Venus versunken hielt er inne, bis die letzten Schübe vorüber waren. Dann küsste er sie auf die Nase.

„Sorry, meine Kleine, so war das nicht geplant. Nächstes Mal hast du mehr davon."

Das war Franziska in diesem Augenblick egal. Voller Freude klammerte sie sich an ihn und blieb in dieser festen Umarmung mit ihm liegen. Gespielt nach Luft ringend, lachte Nico über ihre ungestüme Art. Nächstes Mal, hatte er gesagt. Das bedeutete, sie hatte ihr Ziel erreicht und diesen süßen Typen erobert …

Überrascht!

Dave Vandenberg

Meine Freundin hatte sich einen Abend allein zu Hause gewünscht. Ohne mich. Dabei wollte ich sie nicht stören. Das hatte ich versprochen. Sie brauchte ab und an etwas Freizeit für sich. Meist wollte sie einfach ein paar Stunden unsere schöne Wohnung genießen, laute Musik hören und etwas herumräumen, neu dekorieren oder gar nichts tun.

An diesem Dienstag hatte ich erst ein Meeting mit ein paar Kollegen, danach wollten wir noch essen gehen. Ich war bester Stimmung. Bei der Arbeit lief es ziemlich gut und ich hoffte sogar auf eine Gehaltserhöhung. Alles war soweit im Lot und ich genoss einen lustigen unterhaltsamen Abend, bis einer meiner Kollegen uns sein Herz ausschüttete. Peter war in der letzten Zeit deutlich schlechter Stimmung gewesen. In der Firma munkelte man was von privaten Problemen. Mehr wusste ich nicht. Er tat mit leid. Offensichtlich litt er unter einer Trennung. Er war ein netter Typ. Seine Arbeit machte er trotzdem so gut es ihm möglich war. Aber es war eindeutig, dass es ihm nicht gut ging. Peter erzählte uns an diesem Abend, was ihn bedrückte. Passiert war das Folgende: Seine Freundin und er hatten eine gute

Beziehung geführt. Offensichtlich war diese Beziehung aber auch nur seiner Meinung nach gut gewesen. Sie hatte sich immer mal wieder einen Abend für sich alleine zu Hause gewünscht. Um mal ganz ungestört die eigenen vier Wände genießen zu dürfen. So wie meine Freundin es heute hatte haben wollen. Warum auch immer, ganz in Gedanken hatte Peter vergessen, dass es ihr „freier" Abend war. Er fuhr also nach der Arbeit direkt nach Hause, schloss die Haustür auf, suchte nach seiner Liebsten und fand sie ganz klassisch im eigenen Bett, in den Armen eines anderen …

Das Bier schmeckte mir mit einem Mal nicht mehr. Natürlich! Ich Idiot! Schlagartig wurde mir klar, was wohlmöglich in meiner Beziehung lief. Meine Freundin betrog mich wahrscheinlich gerade genauso wie Peters Freundin Peter. Und ich ahnte nichts. Bis jetzt. Ich stammelte irgendeine merkwürdige Ausrede, die mir sicherlich niemand abnahm. Es war mir egal. Überstürzt verließ ich die Runde, sprang in mein Auto und fuhr direkt nach Hause. Vielleicht hofft ich das Schlimmste verhindern zu können, vielleicht wollte ich mich vergewissern, beruhigen, darauf hoffend, dass sie nichts dergleichen tat.

Den Wagen stellte ich in einer Straße vor unserer ab und ging den Rest zu Fuß. Das Haus lag fast vollständig im Dunkeln. Es brannte lediglich Licht im Flur. Und dann sah ich den sanften Kerzenschein hinter dem Fenster im Schlafzimmer, in der oberen Etage. Mein Verdacht erhärtete sich. Mein Magen rebellierte. Enttäuschung machte sich in mir breit. Meine Freundin betrog mich also auch! Und ich hatte immer gedacht, unsere Beziehung wäre in Ordnung gewesen. Aber das hatte der arme Peter ja auch angenommen …

Nervös und so leise wie möglich öffnete ich die Haustür. Zog meine Schuhe aus und schlich auf Zehenspitzen nach oben. Schon auf den untersten Treppenstufen hörte ich diese Art von Stöhnen, das eindeutig durch sexuelle Erregung ausgelöst wird. Mir wurde wieder ein wenig übel im Magen, doch auch Wut stieg in mir hoch. Enttäuschung und Empörung. Meine Jenny in den Armen eines anderen Mannes, und das in meinem eigenen Schlafzimmer, in unserem gemeinsamen Bett, das wir vor einiger Zeit zusammen gekauft hatten.

Was sollte ich tun? Die Tür aufreißen, mich auf den Mann stürzen, mit dem sie es gerade trieb, oder auf sie oder auf beide? Ich verharrte unschlüssig und mit aufsteigender Übelkeit vor der Schlafzimmertür, meine Hand auf der Türklinke.

Und dann, gerade als ich beschlossen hatte, meine Wut doch erst einmal ausschließlich an dem Mann auszulassen, stutzte ich. Ich hatte eine andere Stimme gehört. Und diese Stimme gehörte einer Frau. Nicht einem Mann. Jenny war mit einer Frau zusammen …

Ich hatte vieles erwartet, die unterschiedlichsten, wildesten Vorstellungen in den letzten Minuten gehabt. Doch ganz bestimmt nicht diese. Meine Frau vergnügte sich in den Armen einer anderen Frau.

Mit angehaltenem Atem drückte ich die Klinke herunter. Es kam mir endlos lange vor, bis ich die Tür einen Spalt weit öffnen konnte. Und dann sah ich sie. Meine Freundin nackt, auf dem Rücken liegend, mit einladend gespreizten Beinen und hörbar genießend, was eine andere Frau in ihrem Schritt suchte.

Ganz bestimmt ist dies ein Anblick, der jeden Mann anmacht. Auch wenn es sich dabei um seine eigene Frau handelt und es natürlich auch eine Art von Betrug ist, der einem da präsentiert wird. Aber die Tatsache, dass zwei attraktive Frauen sich recht hemmungslos miteinander vergnügen, macht einfach an. Ob Mann nun will oder nicht.

Ich stellte mich in die bestmögliche Position und zitterte vor Erregung. Ich hatte von lesbischer Lust geträumt, sie mir vorgestellt, sie angestarrt in verschiedenen Pornostreifen. Mein Glied wurde steif und ich presste meine Hand darauf, um es zu fühlen und gleichzeitig zu beruhigen. Wer war diese andere Frau? Ich hatte sie sicherlich noch nie gesehen. War es eine zufällige Bekanntschaft, eine Freundin oder eine Professionelle etwa?

Jenny war schon in dem Zustand heftiger Ekstase, den ich nur allzu gut bei ihr kannte. Ihr Gesicht war vor Wonne verzerrt, sie hielt ihre Brüste umfasst, bog ihre Schenkel weit auseinander und wartete auf ihren Orgasmus. Die Frau, die in ihrem Schoß kauerte, hatte langes schwarzes Haar, das über ihren nackten Rücken floss, einen runden wohlgeformten Hintern, und soweit ich das von hinten beurteilen konnte, ausladende Brüste. Ich öffnete meinen Reißverschluss. Ich brauchte mehr Luft und packte meinen Penis durch meinen Slip hindurch. Hart umfasste ich meinen Schaft und knetete ihn ausgiebig und angetörnt durch das sexuelle Schauspiel, das sich mir hier in meinem eigenen Schlafzimmer so scharf bot.

Jenny schrie auf. Sie kam zum Höhepunkt und schlug wild mit den Fäusten auf die Kissen neben sich. Was für eine Leidenschaft sie verströmte! Ich war einen Moment lang eifersüchtig. Dann siegte meine Lust. Die beiden Frauen sollten einfach weitermachen. Jenny rollte sich zur Seite auf den Bauch und die andere Frau ließ sich neben sie gleiten. Sie legte sich auf den Rücken. Ich starrte sie an, hoffend, keine der beiden würde mich durch den Türspalt entdecken. Doch meine Sorge war unbegründet. Sie waren viel zu sehr in ihr lüsternes Spiel vertieft.

Nun endlich konnte ich die andere Frau ganz erkennen. Ich meinte sie mal auf einer von Jennys Geburtstagspartys gesehen zu haben. Auch sie hatte einen Freund. Ob es das erste Mal war, dass die beiden es miteinander trieben? Wahrscheinlich nicht.

Sie war recht hübsch. Nicht mein Fall, aber ihre Brüste waren beeindruckend. Groß und rund und straff, mit riesigen dunkelrosafarbenen Nippeln darauf. Meine Freundin leckte und lutschte und zog wild mit ihren Lippen daran. Es war phantastisch mit anzusehen, wie sich die beiden Lust verschafften. Mein Penis war ziemlich hart und ich hätte ihn zu gerne teilhaben lassen an diesem erotischen Spiel. Aber ich konnte mir vorstellen, dass es genau das war, was die beiden auf keinen Fall wollten.

Jenny schob ihre Freundin auf den Bauch, grätschte deren Schenkel und öffnete mit den Fingern ihre Pospalte. Ich schluckte und hatte Mühe, nicht laut aufzustöhnen. Die beiden waren recht hemmungslos miteinander, musste ich zugeben. Jennys Zunge verschwand irgendwo ganz weit hinten und ihre Hände glitten gleichzeitig nach vorn, um die andere auch in deren Schoß zu verwöhnen. Ihr Stöhnen schwoll an und trieb mir die Hitze ins Gesicht. Meine Finger massierten mein Glied. Ich war geil wie lange nicht mehr. Und ich wollte mehr sehen, konnte schon nicht mehr abwarten, wie es weiterging.

Meine Freundin wollte gar nicht genug bekommen. Sie liebkoste das Hinterteil ihrer Gespielin völlig entrückt. Es war unglaublich, wie es sie erregte. Ihre Zunge glitt schließlich dort hinein, wo es meine Zunge manchmal bei ihr tat, und sie krallte ihre Finger in die zwei knackigen Pobacken. Ich wünschte, ich hätte meinen Kopf dazwischenstecken können und wäre mittendrin gewesen in dem lüsternen Treiben. Aber ich musste der heimliche Voyeur bleiben. Ich durfte auf keinen Fall bemerkt werden.

Die beiden rollten sich schließlich in die geile 69-Position. Ich starrte auf den geöffneten Schoß dieser Frau und beobachtete Jenny, wie sie sich wild und ungezügelt darin verlor. Ihre Finger spielten im Einklang mit ihrer Zunge und den Lippen. Sie drückte ihren Unterleib dicht auf das Gesicht ihrer Freundin und ihr Seufzen und ihr winselndes Stöhnen ließen mir den Atem stocken.

Meine Gier hatte sich in meiner Hose ausgebreitet und noch etwas mehr schwoll mein Glied in meinen Händen an.

Macht weiter! Nicht aufhören!, bettelte ich innerlich. Das war besser als jeder erotische Film über die lesbische Lust, den ich je gesehen hatte. Ob Jenny es wohl schon früher mit anderen Frauen getrieben hatte? Ich würde es zu gerne wissen. Es machte mich an. Meine Freundin warf ihren Kopf in den Nacken und starrte mit verklärtem Blick zur Tür. Meine Hände verharrten. Ich stand stocksteif da und wagte nicht, mich zu rühren. Hatte sie mich gesehen?

Doch dann schrie sie entzückt auf und vergrub ihr Gesicht wieder in dem erhitzten Schoß der anderen. Die schlang hektisch ihre Schenkel um den Kopf meiner Freundin. Beide waren mittlerweile völlig ekstatisch. Das große Finale stand kurz bevor. Gestammelte Lustworte hallten durch unser Schlafzimmer. Jennys Zunge geriet außer Kontrolle. Ihre Freundin bäumte sich auf und ich hatte die obszönsten Einblicke meines Lebens. Ihr Schoß explodierte unter Jennys wilden, ausdauernden Küssen. Sie selbst drückte sich tiefer und tiefer in den Mund ihrer Freundin, bis auch sie endgültig und grenzenlos vor Lust zum Höhepunkt kam.

Das Spiel war zu Ende. Ich zog mich so leise und so unauffällig wie nur möglich zurück, um bloß nicht gesehen oder gehört zu werden. Erst im Auto wagte ich wieder tief Luft zu holen. Das Schauspiel hatte mich so derart erregt, dass ich kurz darüber nachdachte, mich schnell selbst zu befriedigen. Doch dann siegte die Vernunft. Man konnte mich sehen. Ich würde warten müssen, bis ich nach Hause kommen durfte …

Endlich hörte ich aus unserer Straße ein Auto davonfahren. Es war fast zwölf. Ich konnte es wagen. Leise schlich ich in unser Schlafzimmer. Jenny schien zu schlafen. Ich lächelte. Das ausgiebige Liebesspiel hatte sie erschöpft. Ob ich sie dennoch wach machen konnte? Gierig sog ich den noch in der Luft schwebenden Duft nach Lust und weiblichem Schoß ein. Vorsichtig legte ich mich neben meine Freundin. Sie seufzte und griff schlaftrunken nach mir. Tastete nach meinem Penis und fand ihn hart und bereit für sie.

Ich rollte mich auf sie und schob mich blitzschnell in ihren immer noch warmen feuchten Schoß hinein. Jenny erwachte ganz und zog mich an sich. Ihre Lustbereitschaft war noch nicht erschöpft. Langsam, ganz langsam bewegte ich mich in ihr auf und ab. Ich musste mich sehr zurückhalten. So scharf wie ich war, hätte es bei schnellerem Tempo nicht lange gedauert, bis ich so weit gewesen wäre. Die Bilder der beiden sich liebenden Frauen stiegen in meinem Kopf hoch und machten mich noch eine Spur heißer. Jennys Atem ging bald in animierendes Stöhnen über. Antörnend schob sie ihre Hüfte vor und zurück. Plötzlich ging bei mir gar nichts mehr! Wie ein Tornado überkam mich mein Orgasmus.

Mit einem lauten Aufschrei ergoss ich mich in meiner Freundin und brachte auch sie damit an den Rand ihres Höhepunktes. Sie schien schier unersättlich zu sein. Während ich mit meinem Kopf zwischen ihren lustvoll gespreizten Schenkeln verschwand, begrüßte ich meine Eingebung, früher als vereinbart nach Hause gefahren zu sein.

Wir liebten uns wild und ausgiebig in dieser Nacht. Es war anders als sonst. Besser. Und ich war mir sicher, ich wusste warum …

Vorstellung wider Willen

Marie Sonnenfeld

Dieser Mann ist ein Traum! Ihn zu beschreiben, fällt nicht schwer, denn dazu brauche ich nicht viele Worte. Zu jedem Wort allerdings den passenden Superlativ zu finden, und das ist hierbei nötig, macht es dann doch wieder etwas komplizierter …

Ich bin total verrückt nach ihm, denn er ist unglaublich attraktiv, umwerfend und ganz und gar phänomenal! Er hat die schönsten Augen, die man sich vorstellen kann, und den traumhaftesten Body der Welt. Und er hat einen derart knackigen Hintern, dass mir bei seinem Anblick die Knie weich werden. Leider hat er auch eine Ehefrau, was unser Liebesleben äußerst schwierig gestaltet. Wir treffen uns zwar so oft es ihm möglich ist und wann immer er sich von seiner Frau loseisen kann, aber wenn es nach mir ginge, wären diese Momente weniger selten. Und gern auch weniger heimlich.

Gestern war wieder so ein Abend, auf den wir uns voller Ungeduld freuten und den wir voller Lust und Leidenschaft miteinander verbringen wollten. Seine Frau hatte sich für diesen Abend mit einer Freundin verabredet, um ein Theaterstück anzusehen, und so stand er pünktlich um 18 Uhr vor dem Hotel, welches wir als Treffpunkt vereinbart hatten. Was uns geritten hatte, ausgerechnet dieses Hotel in der Nähe des Stadttheaters auszuwählen, weiß ich nicht. Wo waren wir nur mit unseren Gedanken?

Schon den ganzen Nachmittag lang bekam ich von ihm diese heißen SMS, in denen er mir von seiner Vorfreude und Ungeduld schrieb. Fast viertelstündlich piepste mein Handy und ich las seine flammenden Worte, die in mir ein ebensolches Feuer entzündeten. Langsam wurde ich schärfer und schärfer auf ihn. Als ich Feierabend machte, um mich zu duschen und für ihn umzuziehen, konnte ich es kaum noch erwarten, ihn endlich zu sehen und dann später in mir aufzunehmen. Unser Sex war jedes Mal unbeschreiblich schön. Lorenz verstand etwas von dem, was er mit mir tat. Er war ein wundervoller Liebhaber – einfühlsam und über alle Maßen zärtlich. Genau daran dachte ich, als ich dann unter der Dusche stand und der Duschstrahl ganz wie von selbst den Weg zwischen meine Schenkel fand. Es war herrlich! Ich drehte am Ring des Duschkopfes und stellte ihn auf diesen definierten harten Massagestrahl ein. Mit einer Hand hielt ich mich am Gestänge fest und mit der anderen führte ich den warmen Wasserstrahl direkt zu meiner Perle – grandios! Ich ließ mich vom Wasser verwöhnen und durchfluten. Meine Augen waren geschlossen und das Gefühl lief heiß durch mich hindurch und traf sich in meinem Lustzentrum, um dort immer intensiver zu werden. Aber halt! Ich fühlte, dass es bald nicht weiter zu steigern sein würde, und lenkte den Wasserstrahl von meiner Klit ab. Nein, es sollte noch nicht geschehen. Heute wollte ich durch Lorenz zum Orgasmus kommen. Oh, wie sehr ich mich darauf freute!

Als ich auf das Hotel zuging, sah ich ihn schon von Weitem davorstehen. Gut sah er aus. Die Hände lässig in den Hosentaschen, die dunklen Haare, die ihm in Strähnen ins Gesicht fielen, dicht und voll. Dazu seine grünen Augen, die ich aus der Entfernung zwar nicht sehen konnte, aber von denen ich wusste, wie eindrucksvoll sie sein Gesicht prägten. Gott, was für ein Mann! Als ich näher kam, bemerkte ich, dass er sich immer wieder nervös umsah. Natürlich, denn wir trafen uns hier ja überaus heimlich. Als er mich dann erblickte, schien er erleichtert, denn ein befreites Lächeln überzog sein Gesicht. Er kam auf mich zu und ich beschleunigte meinen Schritt. Als uns dann nur noch wenige Zentimeter trennten, raunte er mir zu: „Toll siehst du aus!“

Das war hier, auf offener Straße, alles, was an Begrüßung möglich war.

Ich erwiderte leise: „Du aber auch!“, und gemeinsam betraten wir das Hotel. Wir holten den Schlüssel für das, von Lorenz vorab für uns reservierte Doppelzimmer mit der Nummer 223 und fuhren mit dem Aufzug nach oben in die zweite Etage. Schon im Lift konnten wir die Hände nicht voneinander lassen. Lorenz zog mich an sich und presste seinen Körper gegen meinen. Seine Hände legte er auf meinen Po und drückte ihn fest, während er sein Becken fast unmerklich an meiner Hüfte rieb. Ich stöhnte auf und fühlte seine Erregung deutlich. Er stöhnte auch, atmete schneller und küsste mich innig.

Lorenz hatte einen guten Geschmack und eine nahezu perfekte Stilsicherheit, was das Aussuchen der lauschigsten und gemütlichsten Hotels anging. Die neuen, modernen lagen ihm nicht so, mir auch nicht, und das wusste und berücksichtigte er. Wir zogen uns gern in die alten gepflegten Häuser zurück, in denen die Zeit still zu stehen schien. So wie dieses. Wir schlossen unsere Zimmertür auf und drückten die Klinke herunter, um einzutreten.

„Oh wow! Hier ist es ja kuschelig!“, rief ich erfreut aus, als ich das liebevoll zurechtgemachte Zimmer und das mit Kissen übersäte Bett erblickte.

Lorenz stand noch in der Tür und grinste.

„Schön, dass es dir gefällt, Darling!“, sagte er, schloss die Tür und kam zu mir.

Wir fielen uns ebenso fest wie auch schon im Aufzug in die Arme und unser Kuss war nicht weniger intensiv.

„Du bist einfach atemberaubend!“

Mit diesen Worten, die er leise in mein Ohr gesprochen hatte, zog er den Reißverschluss meines engen Rocks herunter und flüsterte, dass er schon wieder viel zu lange auf diesen Moment gewartet hätte. Ich gab zurück, dass ich es auch kaum noch hatte erwarten können, ihn endlich wiederzusehen, und öffnete, während ich es aussprach, seine Hose. Lorenz sah mir dabei zu. Dann blickte er in meine Augen.

„Du verruchtes Ding, du!“, grinste er und küsste mich wieder. Seine Hose fiel an seinen Beinen herunter und sein Slip folgte ihr im gleichen Moment.

Jetzt präsentierte er sich mir in seiner ganzen Pracht: sein pochender, harter Penis. Lorenz wollte mich gerade wieder küssen, da ging ich schon vor ihm auf die Knie, um seine Männlichkeit in meinem Mund aufzunehmen. Er stöhnte auf, als er die warme Nässe meiner Zunge fühlte, und er griff tief in mein Haar, als ich ihn mit meiner Zungenspitze unter seinem Eichelkranz liebkoste.

„Ja, mach weiter! Es ist wundervoll!“, stöhnte er nur noch und bewegte seinen großen, sehr hart gewordenen Penis immer wieder tief in meinen Mund hinein.

Ich saugte und leckte intensiver und Lorenz' Griff in meine dunklen Locken wurde immer fester. Ich wusste genau, dass er sehr bald käme, wenn ich genauso weitermachen würde. Und ich ebenfalls. Auch mich machte es unbeschreiblich an, ihn hier so voller Verlangen und Lust auf mich zu erleben. Ich erhob mich und wurde von Lorenz sofort in seinen Arm gezogen.

„Du bist unbeschreiblich gut!“, sagte er bewundernd und küsste mich wieder zärtlich. Dabei streifte er mein Höschen herunter und gleich darauf mein Oberteil über den Kopf. Meines schwarzen Spitzen-BHs entledigte ich mich selbst und stand dann gleich darauf nackt und liebesbereit vor ihm.

Sein begehrlicher Blick tat mir gut. Ich genieße es jedes Mal sehr, so voller Begierde von ihm angesehen zu werden.

„Wie kann eine Frau nur so bildhübsch sein?“, fragte er wieder einmal staunend.

Er hob mich auf seinen Arm und legte mich in die weichen Kissen auf das Bett.

„Oh, ist das schön!“, sagte ich lächelnd, worauf er mir antwortete: „Schön wird sein, was du jetzt gleich erlebst!“

Er legte sich zu mir, wobei er nicht ganz zu mir hochrutschte, sondern mit seinem Kopf auf der Höhe meiner Hüfte liegen blieb. Ich ahnte, was nun kommen würde, und fühlte, dass ich vor glühender Vorfreude noch einmal deutlich feuchter wurde. Ich öffnete meine Schenkel und meine Klit verlangte ungeduldig nach seiner Berührung. Da, jetzt fühlte ich seine heiße, nasse Zungenspitze. Es war wie eine kräftige Welle, die meinen Körper durchflutete, als er mich an meiner empfindlichsten Stelle berührte. Ich hätte aufschreien können vor Lust, während er überaus geschickt und hingebungsvoll damit begann, mich oral zu verwöhnen. Ich bewegte meine Hüfte, aber Lorenz schlang seine Arme und Hände darum und verhinderte damit jede weitere Bewegung meines Unterkörpers. So lag ich da in seinem festen Griff und wusste nicht, wohin mit meiner Wollust. Ich versuchte mich unter ihm zu winden, aber seine Hände und seine Zunge waren unerbittlich. Mal sanft, mal fordernd, strich er nass und heiß über meine Knospe, und ab und zu drang er ein Stück in meine geöffnete Mitte ein. Ich keuchte und konnte es kaum fassen. Auch Lorenz stöhnte und wurde von dem, was er mit mir tat, immer heißer. Es kickte ihn nach vorn und als ich einmal den Kopf hob, um ihm zuzusehen, beobachtete ich, dass er seinen harten Phallus immer schneller unter sich rieb, indem er immer wieder sein Becken auf der Bettdecke rhythmisch bewegte.

Bei mir würde es nicht mehr lange dauern, das spürte ich genau. Ich fühlte sie schon, die kleinen, aber verlässlichen Vorzeichen. Das Gefühl steigerte und steigerte sich. Es wurde immer intensiver.

„Gott, wirst du gerade nass und hart!“, stöhnte Lorenz zwischen meinen Beinen hervor, aber ich drückte seinen Kopf wieder herunter und flehte ihn an, weiterzumachen.

„Lorenz, ich komme gleich, jetzt gleich!“, keuchte ich, nachdem ich einmal laut aufstöhnen musste, als er seine Zunge wieder an meine Perle gelegt hatte. Auch Lorenz balancierte gefährlich nah an der Kante zum Orgasmus. Er musste aufhören sich zu bewegen, sonst würde er in den nächsten Sekunden kommen. Zum Glück war das für ihn aber kein Grund, mit den Bewegungen seiner Zunge aufzuhören, und so katapultierte er mich leckend und lutschend in den Himmel der Lust. Ich war kurz davor, vor Wonne durchzudrehen, als mein Orgasmus mich gnadenlos und äußerst heftig überrollte. Es war grandios und ich zuckte und bebte unter seiner Zunge. Lorenz gefiel es sehr, das fühlte ich überdeutlich. Er schob sich auf mich und sein harter Penis glitt zwischen meine feuchten Labien. Er lag pulsierend vor dem Eingang zu meiner feuchten, samtenen Liebeshöhle.

Lorenz nahm mein Gesicht in seine Hände und küsste mich voller Gier.

„Mein Gott, deinen Orgasmus auf der Zunge zu erleben, ist hocherotisch! Weißt du, dass ich in genau diesem Moment auch fast gekommen wäre?“, raunte er mir zu und küsste mich immer wieder.

Seine Worte waren ein Kompliment. Sie liefen in mich hinein wie Honig und sie taten ebenso wohl. Ich wollte ihm etwas davon zurückgeben, wollte ihm auch ein unendlich gutes Gefühl bereiten. Ich schlang meine Beine um seine Hüften, fuhr mit meinen Fingern durch sein Haar und flüsterte lasziv: „Und jetzt nimm mich, Lorenz!“

Er sah mich an. Diesen Blick, der tief in meinen Augen zu versinken schien, werde ich wohl nie vergessen. Nie zuvor sah ich derart brennendes Verlangen.

„Oh, ja, das werde ich, verlass’ dich drauf!“, wisperte er noch in mein Ohr, als er auch schon kraftvoll in mich eindrang. Tief, sehr tief glitt sein steinharter Penis in mein seidiges Inneres hinein. Lorenz stöhnte laut auf, als seine Vorhaut sich beim Eindringen weit zurückschob und seine empfindliche Eichel vollständig freilegte.

„Ja, geil!“, keuchte er atemlos und begann sich sanft in mir zu bewegen.

Gern passte ich mich seinem Rhythmus an und schon bald waren wir im Gleichklang miteinander verschmolzen. Wir bewegten uns vollkommen identisch, als wären wir nur ein Körper, und ich fühlte deutlich, wie sich meine Lust zurückmeldete, als Lorenz mit seinem festen Penisschaft immer wieder über meine Klitoris strich. Ich stöhnte leise und presste ihn immer wieder fest auf mich, wenn er in mich hineintauchte. Lorenz hielt sich lange zurück. Er küsste und streichelte mich zwischendrin voller Zärtlichkeit, aber irgendwann war auch bei ihm der Punkt erreicht, an dem es schwierig bis unmöglich wurde, den nahenden Orgasmus noch länger zurückzuhalten.

Er hatte die Augen mittlerweile geschlossen und war wie in Ekstase, als er immer und immer schneller wurde. Er zog sich fast ganz aus mir heraus, nur um dann wieder kraftvoll einzudringen. Es wurde immer enger für ihn und ich wurde unter ihm heißer und heißer. Ich fühlte, wie mein Verlangen nach einem zweiten Orgasmus immer stärker wurde. Als ich es ihm sagte, ihm, der sich ohnehin schon gefährlich nah an der Grenze zum Kommen bewegte, gab es kein Halten mehr. Ich sagte mit rauer, sinnlicher Stimme: „Lorenz, ja, mach weiter, ich komme gleich noch einmal!“, und hörte ihn nur noch laut und kraftvoll aufstöhnen. Ich fühlte, dass er sich in mir entlud. Lorenz bewegte sich trotzdem weiter und stöhnte tief in mein Ohr. Jetzt ging es mir umgekehrt wie ihm vorhin mit mir. Mich törnte das Miterleben seines Orgasmus derart an, dass ich bei der kleinsten Berührung wahrscheinlich gekommen wäre. Ich umarmte ihn fest und sagte es ihm. Lorenz hob den Kopf, sah mir in die Augen und grinste.

„Na, dann komm her, du unersättliche Maus!“, sagte er liebevoll und rutschte noch einmal tief zwischen meine Beine.

Wieder vergrub er sein Gesicht in meiner Mitte, nur mit dem Unterschied, dass auch Spuren seiner Lust in der Nässe vermengt waren. Es machte ihm nichts aus. Wieder saugte und leckte er mich in Richtung Gipfel. Ich war so kurz davor, ganz knapp stand ich vor dem erlösenden Gefühl des Orgasmus. Ich fühlte es schon kommen. Ja, jetzt gleich … Lorenz seufzte und stöhnte genussvoll. Ich liebte das sehr und gab mich seiner Zunge vollkommen hin. Es konnte sich nur noch um Sekunden handeln …

„Schneller, Lorenz, bitte!“, dirigierte ich ihn noch wie im Rausch, als er ein Hmmmh murmelte und das Tempo und den Druck seiner Zunge auf meiner Liebesknospe verstärkte. Ich krallte meine Finger in sein Haar und kam gleich darauf mit einer vollkommen überwältigen und ungeahnten Heftigkeit. Es schüttelte mich regelrecht und mein Klit zuckte und tanzte auf Lorenz’ Zunge. Er stöhnte mit mir gemeinsam auf und leckte gleich danach noch ein paar mal spielerisch und sanft durch meine erhitzte Mitte.

Pünktlich nach Fahrplan rollte der Zug ein. Caroline, Lorenz’ Frau, stand auf dem Bahnsteig und sah dem Zug entgegen. Sie freute sich auf ihre Freundin Nina, die hier in der Stadt ein paar Tage Urlaub machen wollte. Die beiden Frauen umarmten sich zur Begrüßung herzlich und begaben sich dann auf den Weg zum Taxistand. Der erste Punkt auf ihrer Liste der Urlaubsunternehmungen war ihr gemeinsamer Theaterbesuch am Abend. Zuvor aber wollten sie noch Ninas Gepäck in das Hotel bringen. Hätte Caroline geahnt, dass ihr Mann sich genau in diesem Moment mit seiner Geliebten vor dem Hotel trifft, wäre sie wohl in anderer Stimmung gewesen. Sie nannten dem Fahrer die Adresse des Hotels am Stadttheater und sogleich setzte sich der Wagen in Bewegung. Unterwegs erzählten sie sich viel und lachten ausgelassen miteinander.

Nina checkte ein und bekam vom Portier den Schlüssel für ihr Zimmer mit der Nummer 232 ausgehändigt. Mit dem Aufzug fuhren die beiden Freundinnen nach oben und auch dabei unterhielten sie sich weiterhin lebhaft. Sie hatten sich einige Monate nicht gesehen und einander viel zu erzählen. Auch als sie aus dem Fahrstuhl ausstiegen und den Flur entlanggingen, sprachen sie miteinander. Sie waren derart in ihr Gespräch vertieft, dass es ihnen nicht auffiel, dass sie sich in der Zimmernummer geirrt hatten. Nina steckte ihren Schlüssel in das Schloss der Tür zu Zimmernummer 223, hinter der sich gerade Lorenz und seine atemberaubend schöne Geliebte ihrer Leidenschaft hingaben, als sie das unverkennbare Geräusch des fremden Schlüssels im Schloss hörten.

„Oh, die Tür scheint schon offen zu sein ...“, sagte Nina, als sie die Klinke herunterdrückte und den Schlüssel gar nicht weiterdrehte.

„Dann mach auf und lass uns hineingehen!“, forderte Caroline sie auf.

„Ich bin neugierig auf dein Zimmer. Ich muss doch sehen, wo meine beste Freundin ihre Nächte verbringen wird“, fügte sie noch scherzend hinzu.

Ich hörte es zuerst. Dieses Klicken im Türschloss. Dann sah ich im selben Augenblick, dass die Klinke sich bewegte. Lorenz registrierte das Geräusch in der nächsten Sekunde auch.

„Hör mal“, flüsterte ich ihm zu.

„Ach, das ist nichts“, antwortete er und machte mit seinen oralen Liebkosungen weiter. Und dann, im nächsten Moment, passierte es: Die Tür öffnete sich und Nina und Caroline standen im Zimmer. Ich sah zu den beiden fremden Frauen und dachte: ups, in der Tür geirrt!, so wie Nina wohl auch, denn sie sagte, als sie rot anlief, zu Caroline: „Komm schnell wieder raus, wir müssen uns vertan haben und stören hier grad sehr.“ Mit diesen Worten drehte sie sich auf dem Absatz um und ging schnellen Schrittes wieder aus dem Zimmer heraus. Nur die andere Frau blieb merkwürdigerweise wie angewurzelt stehen und auch Lorenz schien die Luft anzuhalten. Sie sahen sich an. Lorenz, noch immer zwischen meinen Schenkeln liegend, hatte das Gesicht zur Tür gedreht. Die Frau kam zu uns ans Bett. Ich wunderte mich darüber sehr und als sie dann auch noch traurig sagte: „Lorenz, du hast eine Affäre?“, verstand ich gar nichts mehr. Ich setzte mich auf und zog mir ein Kissen vor meinen nackten Körper.

Lorenz wischte sich mit dem Handrücken über Mund und Kinn und setzte sich ebenfalls hin. Er war deutlich weniger nackt als ich, da er oben herum noch bekleidet und sein Hemd lang genug war, sein Geschlecht zu verdecken.

Die mir vollkommen Unbekannte setzte sich zu uns aufs Bett.

„Hey, was erlauben Sie sich?“, fragte ich sie empört.

„Ist schon gut“, bremste Lorenz mich.

„Das ist Caroline, meine Frau.“

Ich konnte kaum glauben, was ich hier gerade erlebte. Seine Frau! Sie hatte uns erwischt, in flagranti!

„Das ist ja wie in einem Film …“, war alles, was ich in diesem Moment zu sagen imstande war.

„Allerdings“, entgegnete Lorenz darauf und seine Frau fügte hinzu: „Aber leider kein besonders guter.“

Was jetzt folgte, waren Minuten des Schweigens. Lorenz schaute betroffen hinunter auf das Bett und sagte kein Wort und mir fiel dazu auch wenig ein. Nur Caroline setzte wieder an, indem sie zu Lorenz sagte: „Ich glaube, ins Theater gehe ich heute nicht mehr. Eine dramatische Vorstellung am Tag reicht mir.“

Er nickte und sah ihr in die Augen.

„Ich wollte dich nicht verletzen, Caroline. Euch beide nicht …“

Sie lächelte daraufhin matt und fragte: „Kommst du mit nach Hause? Ich glaube, wir sollten dringend miteinander reden …“

Süße Voyeurin …

Kristel Kane

Für Stefanie konnte keine Arbeit zu hart oder zu unangenehm sein, sie packte immer mit an. Ein Glücksgriff für den kleinen Bauernhof … Der Hof wurde vom Ehepaar Sommer betrieben. Vor Jahren hatten sie den eigentlichen Bauernbetrieb eingestellt und sich auf zahlende Gäste konzentriert. Zum einen vermieteten sie Pferdeboxen und zum anderen unterhielten sie eine kleine Reitschule mit sechs Schulpferden.

Stefanie kümmerte sich buchstäblich um alles. Während der Schulferien war sie von morgens bis abends auf dem Hof und half nach Leibeskräften mit. Im Gegenzug durfte sie die Pferde reiten, wann sie wollte. Vorausgesetzt, sie wurden nicht während einer der Reitstunden eingesetzt.

Das junge Mädchen besaß sehr viel Erfahrung und legte eine beachtliche Disziplin an den Tag. Sie wusste genau, was wann und wie zu tun war. Niemand brauchte ihr Anweisungen zu geben. Stefanie machte alles von sich aus. Sie war sozusagen der gute Geist des Hofes, immer präsent, aber hauptsächlich unsichtbar. Dies hatte zur Folge, dass niemand mehr so recht auf sie achtete. So auch nicht an diesem herrlichen sonnigen Freitagnachmittag.

Marco Sommer gab Reitunterricht und Emily Sommer unterhielt sich am Stall mit Christof, einem jungen Medizinstudenten. Christof war definitiv nicht der klassische arme Student. Und dies stellte er auch gern zur Schau. Stefanie interessierte das nicht, sie hatte nur Augen für die Pferde. Sie war noch nicht so weit, dass sie sich wirklich für das andere Geschlecht interessierte. Was Jungs und die Liebe anbelangte, war Stefanie nicht nur ein unbeschriebenes Blatt, sondern leider auch ein Naivchen. Deshalb bemerkte sie nicht, dass Emily wesentlich mehr als nur freundlich zu Christof war. Dem jungen Mädchen fehlte es an Erfahrung, die eindeutige Körpersprache der beiden richtig zu interpretieren. Ansonsten wäre ihr bewusst geworden, dass sich zwischen dem jungen Studenten und der wesentlich älteren Emily mehr abspielte als nur freundliche Konversation.

Stefanie achtete nicht weiter auf die beiden. Erst später bemerkte sie, dass sie verschwunden waren. Nur noch Balthasar, Christofs Pferd, stand in der prallen Sonne vor seinem Stall fest angebunden und scharrte ungeduldig mit den Hufen. Verständnislos schüttelte sie den Kopf. Wie konnte man so unverantwortlich sein, das Tier bei diesen Temperaturen einfach hier stehen zu lassen? Hastig lief sie zu Balthasar herüber, band ihn los und brachte ihn in seinen kühlen Stall. Stefanies Wut auf die beiden stieg, als sie sah, wie durstig Balthasar war. Aufgeregt machte sich das pflichtbewusste Mädchen auf die Suche nach den zwei unverantwortlichen Erwachsenen. Sie wollte ihnen ordentlich die Meinung sagen. Für

Stefanie gab es keine Entschuldigung für dieses tierfeindliche Verhalten.

Erfolglos hatte sie bereits 20 Minuten lang den gesamten Hof abgesucht. Die beiden schienen vom Erdboden verschwunden zu sein. Frustriert setzte sich der Teenager auf einem Strohballen, als er plötzlich ein leises Kichern vernahm. Stefanie konzentrierte sich und folgte den zarten Geräuschen, die vom Heuboden zu kommen schien. Vorsichtig und leise schlich Stefanie nach oben, sie wollte vermeiden, dass sie die Geräuschquelle nicht mehr wahrnahm.

Hastig und erschrocken duckte sie sich hinter einem Heuballen, als sie Christof und Emily entdeckte. Automatisch hielt sie sich die Hand vor den Mund. Ungläubig schüttelte das junge Mädchen den Kopf. Sie glaubte sich versehen zu haben und drückte sich erneut vorsichtig in die Höhe, um diesmal einen genaueren Blick auf die beiden Erwachsenen werfen zu können.

Splitternackt lagen die Frau und der Mann auf einer Decke im Heu.

Verliebt zeichnete Christof wiederholt die Konturen seiner Partnerin mit einem Grashalm nach. Verträumt ließ er den Halm sanft über ihren runden Busen kreisen, um anschließend langsam über den flachen Bauch zu gleiten. Fasziniert beobachtete Stefanie, wie die Frau ihre Schenkel öffnete. Achtlos ließ der junge Student den Grashalm fallen und streichelte mit seinen Fingern über das dunkle Dreieck der Bäuerin. Offensichtlich gefiel es ihr, wie seine Finger ihre Scham massierten. Für einen kurzen Moment konnte Stefanie sogar die roten Lippen erkennen.

Aufgeregt sah sie zu, wie Christofs Kopf zwischen den Schenkeln der Bäuerin verschwand. Wollüstig stöhnte diese auf, als die Zunge des Liebhabers über ihre intime Stelle strich. Katzengleich drückte Emily den Rücken durch und schob ihm genießerisch das Becken entgegen. Christof intensivierte seine Bemühungen und spürte, wie Emily spitzer wurde. Lustvoll knetete sie ihren eigenen Busen, küsste und leckte selbstverliebt über die harten Nippel.

Mit offen stehendem Mund beobachtete Stefanie das Liebesspiel. Ihre Empfindungen hatten sich geändert. Hatte sie sich zunächst geschockt über ihre Entdeckung gezeigt, fühlte sie das eigenartige Kribbeln in ihrer Scheide. Das Verlangen, sich selbst dort zu berühren, wurde immer stärker. Stefanie ließ sich vom Moment mitreißen, öffnete ihre Reithose und ließ ihre Hand darin verschwinden. Zu ihrer Verwunderung fühlte sich die Scheide feucht und heiß an. Keineswegs ein unangenehmes Gefühl, im Gegenteil! Wie automatisch begannen die Finger mit ihrer Perle zu spielen. Nie gekannte Empfindungen gingen von ihrer Vagina aus, die noch an Intensität zunahmen, wenn sie über ihre Klitoris rieb. Stefanie genoss es.

Es gelang ihr nicht, die Augen von dem Geschehen vor sich abzuwenden. Emilys Körper schien sich wellenartig zu bewegen und ihr leises Stöhnen wurde immer kräftiger. Unerwartet bäumte sich der Oberkörper unter einem langen Stöhnen auf und sank im selben Moment wieder zusammen. Christof ließ von ihrem Dreieck ab und legte sich auf Emily, um sie leidenschaftlich wild zu küssen.

„Oh mein Gott, ist der groß!“, hauchte Stefanie leise, als sie zum ersten Mal Christofs erigiertes Glied sah.

Hoch aufgerichtet stand es da und fand Emilys Wohlwollen. Der junge Mann legte sich auf den Rücken, während die ältere Frau sich über sein Glied hockte. Stefanie konnte alles erkennen, da sich Emily mit dem Rücken zu ihrem Partner auf dessen langen Penisschaft niederließ, um ihn vollständig in ihrer Vagina zu beherbergen. Auf und ab bewegte sich die Bäuerin. Deutlich sah die unfreiwillige Voyeurin das rhythmische Abtauchen des harten Penis. Es erregte sie, zu sehen, wie er an den ihn engumschließenden roten Schamlippen entlangstreifte. Sie saugte sich förmlich fest an diesem Anblick. In ihrem gesamten Leben hatte Stefanie nichts Aufregenderes gesehen und nichts Vergleichbares erlebt.

Sie schien jedwede Kontrolle über ihre rechte Hand verloren zu haben. Wild und unbändig rieb sie über ihre Klitoris und trieb sich dem ersten Orgasmus entgegen. Ausgehend von ihrer kleinen Perle, schien plötzlich eine elektrisierende Welle durch ihren Körper zu laufen. Stefanie fühlte sich gleichsam energiegeladen und schwach. Die Augen rollten, der Mund öffnete sich und seltsame Kontraktionen gingen von ihrer Scheide aus. Erschöpft und glücklich nahm sie ihre Hand wieder aus der Reithose, den Blick erneut auf die Liebenden gerichtet. Zu ihrem Erstaunen hatten sie die Positionen gewechselt.

Christof kniete hinter Emily, während diese sich bereitwillig mit erhobenem Becken vor ihm positioniert hatte. Der Po war hoch herausgestreckt und der Oberkörper nach vorn gebeugt. Christof war mit seinem Penis von hinten in sie eingedrungen und nahm die Partnerin mit harten Stößen. Die Hände klammerten sich fest um die Hüfte. Beide schrien leise vor Lust. Hastig zog er den harten Penis aus der Scheide und ergoss sich über Emilys Hinterteil. Stöhnend hielt er den Schaft seines Gliedes umklammert und bewegt die Hand sachte vor und zurück.

Niemand hatte während der Hitze des Treibens bemerkt, dass sich mittlerweile noch jemand auf dem Dachboden befand.

„Was um alles in der Welt, treibst du da mit meiner Frau?“, donnerte Marcos erboste Stimme.

Erschocken drückte sich Stefanie immer weiter in den Hintergrund. Auf keinen Fall wollte sie entdeckt werden …

Zornig funkelte Marco seine untreue Frau an, die verschämt und mit rotem Kopf auf den Boden starrte. Christof, gar nicht mehr cool und Herr der Lage, schlüpfte rasch in seine Hose, raffte seine restlichen Kleidungsstücke zusammen und suchte das Weite. Ein bisschen grinsen musste Stefanie schon darüber, dass der ziemlich hochnäsige Student so auf die Nase gefallen war.

Nachdem sich Christof aus dem Staub gemacht hatte, schlich sich auch Stefanie vorsichtig davon. Was sie nicht mehr mitbekam, war, dass aus dem zornigen Blick Marcos' ein gieriger wurde. Lüstern betrachtete er die nackt vor ihm kniende Emily. Und während Stefanie nach Christof suchte, um ihm wegen seines Pferdes noch einmal gehörig die Meinung zu sagen, öffnete Emily die Hose ihres Mannes und begann wollüstig damit, sich um dessen rasch anwachsende Erektion zu kümmern …

Starpotenzial

Angie Bee

Der Casting-Direktor strich sich gedankenverloren die Locken aus der Stirn. Thomas Brunn war einer der Jüngsten, die den Posten an diesem großen Theater jemals bekleidet hatten. Doch er war sich seiner Kompetenz bewusst, denn er war wirklich gut. Die Stücke, deren Darsteller er mit kundiger Hand ausgewählt hatte, waren stets die erfolgreichsten gewesen. Ja, das konnte er sich getrost auf die Fahne schreiben. Doch diesmal … Der gut aussehende 35-Jährige war etwas ratlos. Eigentlich stand die Wahl seiner Hauptdarstellerin fest. Barbara Hansen, eine attraktive Dunkelhaarige, sollte in dieser Tarzan-Adaption die Jane spielen. Er hatte sich gefreut, als er beim Casting feststellte, dass sie daran teilnahm. Sie war talentiert, ein Publikumsliebling, schon länger im Geschäft, hatte eine schöne Stimme. Dazu zuverlässig und diszipliniert. Alles passte. Aber nun stand dieses Kücken vor ihm auf der Bühne und stürzte ihn in totale Verwirrung.

Sania Krupp hieß sie, war süße 22 Jahre jung und optisch gesehen ein echter Hingucker. Groß und schlank, trotzdem verletzlich wirkend, dann wieder sehr selbstbewusst – sie zeigte viele Facetten und verwirrte ihn damit. Und ihre Stimme – großartig! Außerdem wirkte sie mit ihren langen blonden Locken unschuldig und engelsgleich.

„Vielen Dank, wir melden uns bei Ihnen.“ Thomas deutete der jungen Frau an, dass sie von der Bühne treten konnte. Eine blonde Jane – würde das passen? Sie hatte auch noch so gar keine Erfahrung, hatte vor nicht allzu langer Zeit erst ihre Ausbildung gemacht. Sollte er auf eine derart unsichere Aktie setzen? Bei einer so opulenten Aufführung? Andererseits: Sie war wirklich klasse, jemand musste ihr mal eine Chance geben.

Thomas raffte seine Unterlagen zusammen und verließ die zweite Reihe, von der aus er das Casting begutachtet hatte. Gedankenverloren ging er in sein Büro, doch kaum hatte er seine Unterlagen dort abgelegt und an seinem Tisch Platz genommen, da klopfte es an seiner Tür. War das etwa Jenny, seine Freundin? Jetzt schon?

„Herein!“ Die Tür öffnete sich zaghaft und die zarte Gestalt von Sania Krupp erschien.

„Ja, bitte?“ Thomas blickte ihr fragend entgegen.

„Entschuldigen Sie mein Eindringen, Herr Brunn. Ich wollte noch mal kurz mit Ihnen sprechen, wenn das möglich ist.“

„Hm, eigentlich geht das nicht. Wie sind Sie denn überhaupt in den hinteren Bereich gekommen?“

„Warum?“ Ihre großen blauen Augen strahlten ihn an. „Ich habe ein bisschen gesucht und …“

„Nein“, unterbrach Thomas sie, „hat Sie denn niemand aufgehalten?“

„Also, nicht direkt. Ich konnte mich, äh, heimlich vorbeimogeln."

Na, das klappt ja prima mit dem Sicherheitsdienst, dachte Thomas ironisch. Was die Kleine wollte, lag auf der Hand. Sie wollte ihn beeinflussen.

„Und was wollten Sie mit mir besprechen?", fragte er nun etwas ungehalten.

„Sie haben bei meinem Vortrag bestimmt gemerkt, dass ich ziemlich talentiert bin."

„Selbstbewusst sind Sie jedenfalls", stimmte Thomas ihr zu.

„Ich kann wirklich gut tanzen und singen und sehr hart arbeiten. Und außerdem", ihre Stimme bekam plötzlich einen verführerischen Unterton, „bin ich eine ausgezeichnete Schauspielerin."

Sie sah ihm mit einem Blick in die Augen, der ihm durch und durch ging. Leider gefiel ihm dieses kleine Biest, aber er würde den Teufel tun und es sich anmerken lassen.

„Okay, hm, wie war doch gleich Ihr Name?"

„Sania", hauchte sein Gegenüber.

„Okay – Sania. Mit Ihrem Können sind Sie nicht allein. Es gibt viele begabte junge Frauen und alle wollen hart arbeiten für ihren Erfolg. Sie sind noch relativ neu im Business, doch ich will Ihnen verraten, dass es nicht sehr gut ankommt, wenn Sie nach dem Casting noch mal den verantwortlichen Direktor aufsuchen und nachträglich auf dessen Auswahl Einfluss nehmen wollen. Theoretisch müsste ich nun den Sicherheitsdienst rufen und Sie rauswerfen lassen, verbunden mit einem Hausverbot."

Die junge Frau wurde blass. Über die Konsequenzen ihrer Aktion hatte sie offensichtlich nicht sehr ausführlich nachgedacht.

„Ich gebe zu, dass Sie eine sehr auffällige und talentierte Darstellerin sind, die es bestimmt noch weit bringen wird. Aber", fügte er hinzu, als er ihr Lächeln sah, „diese Aufführung wird sehr anstrengend. Da kann ich kaum eine junge und unerfahrene Schaupielerin als 'Jane' besetzen."

Sania starrte ihn an. Sie sah wirklich bezaubernd aus! Vor Aufregung hatten sich ihre blassen Wangen mit leichtem Rot überzogen. Ihre großen Puppenaugen hatten lange Wimpern und ihr großer voller Mund stand leicht geöffnet. Dazu kringelten sich ihre langen Locken um ihr hübsches Gesicht. Plötzlich erhob sie sich.

„Doch. Ich glaube, das können Sie schon", flüsterte sie leise und ließ ihren Mantel auf den Stuhl fallen. Dann zog sie ihren Pulli über den Kopf.

„Äh, was machen Sie denn da?"

Thomas versuchte irritiert, die junge Frau zu stoppen. Er wollte in seinem eigenen Büro nicht von einer Bewerberin verführt werden! Doch sein bester Freund sah das anders und spannte bereits in seiner Hose.

„Ziehen Sie sich bitte wieder an", forderte Thomas sie rau auf, doch Sania war inzwischen in voller Fahrt. Sie knöpfte geschickt ihre Bluse auf. Darunter trug sie ein entzückendes zartes Hemdchen mit eingearbeitetem BH.

„Also das geht jetzt aber wirklich ...“

„Doch, das geht“, hauchte Sania und kam auf den aufgeregten Mann zu.

Thomas trat der Schweiß auf die Stirn. Eine vertrakte Situation! In seiner Hose pochte es. Die junge Frau hatte einiges zu bieten. Ihre kleinen festen Brüste zeichneten sich gut sichtbar unter ihrem Hemdchen ab. Er konnte auch ihre süßen Brustwarzen sehen, die sich steif gegen den Stoff drückten. Auf einmal erwachte in ihm das Verlangen, sie in seinen Händen zu halten. Sania stand nun direkt vor ihm. Sie zog ihren langen Rock ein Stück nach oben und schwang ein Bein über seinen Schoß. Dann setzte sie sich einfach auf Thomas' Beine.

„Na los. Fass sie an“, wisperte sie leise und griff nach seinen Händen.

Der Mann glaubte, das Herz in seiner Brust würde zerspringen, so begann es zu rasen.

„Komm schon. Trau dich“, bat Sania fast spielerisch und legte seine Hände auf ihren Busen.

Thomas atmete schneller. Mit seinen Fingerspitzen glitt er über die verführerische Frucht. Sania seufzte leise. Dann beugte sie sich plötzlich vor und drückte ihre weichen Lippen auf seinen Mund. In Thomas' Lenden begann es zu ziehen.

„Ich habe unglaublich viele Talente“, flüsterte Sania und schob sich mit ihrem Unterleib so dicht an Thomas heran, dass sie seinen Besten spüren konnte. Durch seine Hose bemerkte Thomas die Hitze, die von ihrer Mitte ausging. Ihre Lippen senkten sich erneut auf seinen

Mund und als ihre Zunge auf seine traf, schmolz jeder Widerstand in ihm.

Langsam bewegte sich Sania auf seinem Schoß vor und zurück und sorgte dafür, dass in seiner Hose eine unerträgliche Spannung entstand. Er stöhnte leise auf, glitt mit seinen Lippen ihren Hals entlang und knabberte an den Trägern ihres Tops. Mit den Zähnen zog er die Träger rechts und links über Sanias Schultern, küsste ihr Dekolleté und wanderte mit seinem Mund zu ihren Brüsten. Sania rekelte sich leise seufzend unter den Liebkosungen des Casting-Direktors. Sie drückte ihr Kreuz durch und hielt Thomas ihren Busen entgegen. Dieser zog wieder mit den Zähnen am oberen Rand des Tops und sorgte dafür, dass der Stoff herunterrutschte. Sanias kleine feste Brust sprang ihm entgegen. Sofort ließ Thomas seine Zungenspitze um ihre Vorhöfe kreisen, um kurz darauf jede Brustwarze einmal intensiv mit Mund und Zunge zu verwöhnen.

Sanias Seufzer wichen einem Stöhnen. Sie bewegte ihr Becken nun so fest auf Thomas hin und her, dass sie sowohl ihn als auch ihre Klitoris dabei massierte.

Plötzlich schlang Thomas beide Arme um Sanias schmalen Körper, hob sie kurz hoch und setzte sie auf seinem Tisch wieder ab. Einen wunderschönen Anblick bot ihm die junge Frau, die mit freiem Oberkörper und langer Lockenpracht vor ihm saß. Thomas ergriff ihren Rock und schob ihn nach oben, bis dieser sich wie ein riesiger Ring um Sanias Hüften legte. Dann ging Thomas in die Knie, befreite Sanias schlanke Beine von ihren langen halterlosen Nylonstrümpfen und küsste sich zart zwischen ihren Oberschenkeln bis zu ihrem Liebesdelta hinauf.

Dort schlug ihm eine unglaubliche Hitze entgegen, die seine Lust auf diese Frau noch weiter vorantrieb. Mit einem lauten Aufstöhnen ließ Sania sich nach hinten auf seinen Schreibtisch fallen und bot sich ihm völlig hemmungslos dar. Seine Finger zitterten leicht, als Thomas ihren kleinen Slip anfasste und diesen nach unten zog, bis er von allein über Sanias Beine zu Boden fiel. Sie war komplett rasiert! Thomas' Herz schlug ihm inzwischen bis zum Hals. Deutlich konnte er die Feuchte zwischen ihren Beinen erkennen. Ihre geschwollene Klit schob sich lustvoll nach vorn. Nun war seine Selbstbeherrschung komplett dahin!

Gierig sank er mit seinem Mund auf ihre heiße Venus und küsste sie vorsichtig. Sanias lauter werdendes Stöhnen steigerte seine Lust noch mehr, er wurde wilder und ließ seine Zunge heftiger über ihre Scham gleiten. Die junge Frau presste ihm ihr Becken entgegen, so weit es ging. Thomas tauchte mit seiner Zunge in ihre feuchte Mitte ein.

„Oh, ja, nein, ich … will noch nicht“, japste Sania atemlos und kam hoch.

Sie rutschte vom Tisch herunter und deutete Thomas an, sich hinzustellen. Dann ging Sania vor ihm in die Knie, fingerte geschickt an seiner Hose herum und öffnete sie. Auch Thomas' Shorts zog sie herunter und ließ ein leichtes Keuchen hören, als sie seinen prallen Zauberstab sah. Sie fackelte nicht lange, sondern legte ihre Lippen auf seine Eichel und glitt an seinem Strammen hoch und runter. Thomas wurden die Beine weich. Mit den Händen stützte er sich auf seinem Schreibtisch ab. Sania war gerade so richtig in Fahrt – als sich mit einem Mal die Tür des Büros schwungvoll öffnete. Geschockt riss Thomas die Augen auf: Es war Jenny, seine Freundin.

„Jetzt reicht es aber! Was fällt euch ein? Du kleines Flittchen, was glaubst du denn, was du hier tust? Los, pack deine Sachen und verschwinde!"

Erschrocken griff Sania nach ihren Klamotten und ehe Thomas noch ein Wort hinter ihr herrufen konnte, verließ sie panisch das Büro. Sie tat ihm fast leid.

„Hast du nichts zu sagen?", funkelte Jenny zornig.

„Ich beobachte euch schon eine ganze Weile durch den Türspalt. Wolltest es wohl gleich richtig rannehmen, das kleine Biest. Oder?"

Ohne sich wieder anzuziehen, setzte Thomas sich auf seinen Bürostuhl. Sein Bester hatte erstaunlicherweise nichts von seiner Standhaftigkeit eingebüßt.

„Sie wollte eine Rolle und hat, na ja, mich verführt."

„Pah! Das ist ja lächerlich! Konntest du nicht Nein sagen? Sie hat dich ja bestimmt nicht dazu gezwungen, oder?" Jenny schnaubte verächtlich.

Da hatte sie Thomas auf frischer Tat ertappt! In Thomas brodelte weiterhin die Lust. Er griff nach dem Arm seiner Freundin, die ihm wütend ausweichen wollte.

„Soll ich jetzt vielleicht da weitermachen, wo deine kleine Freundin aufgehört hat? Du spinnst ja!"

Sie wollte sich empört von ihm abwenden, doch Thomas hielt sie fest und zog sie zu sich herunter, bis sie auf seinem Schoß saß.

„Ich habe Lust, und zwar auf dich", entgegnete er rau.

Er nahm ihre Hände und legte sie um seinen Schaft.

„Und nicht nur ich habe Lust", fügte er heiser hinzu. Jenny konnte nicht anders, automatisch bewegte sie ihre Hand am Penis ihres Freundes hoch und runter. So brachte sie Thomas dazu, leise aufzustöhnen. Mit einer Hand griff er nach Jennys Busen und knetete ihn sanft.

„Du … widerlicher … Schuft", presste Jenny hervor, dann begann sie ebenfalls zu stöhnen. Thomas' Hand glitt von ihrem Busen herunter in ihren Schoß. Flink öffnete er ihre Hose und ließ seine Hand unter den Stoff sinken. Seine Fingerspitzen berührten ihre Schambehaarung, dann glitt er tiefer. Zufrieden stellte er fest, dass Jenny bereits feucht zwischen den Beinen wurde. Die Berührung seiner Finger auf ihrer Venus ließen Jenny lauter stöhnen.

„Oh, Schatz, nicht so wild!", bremste er Jennys Hand.

„Sonst bin ich gleich so weit."

Er deutete seiner Freundin an, kurz aufzustehen, damit er ihr Hose und Slip ausziehen konnte. Als sie halb nackt vor ihm stand, griff er ihre Hüfte und zog sie direkt mit ihrer Scham zu seinem Mund. Er wusste genau, was er mit seiner Zunge machen musste, damit seine Freundin in Rage geriet. Langsam, aber fest stieß er immer wieder auf Jennys Klit. Seine Freundin stöhnte laut auf und wand sich unter seinen Liebkosungen.

Schon nach wenigen Minuten keuchte sie so wild, dass Thomas glaubte, sie wäre kurz vor ihrem Höhepunkt. Durch eine geschickte Bewegung gelang es ihm, sie auf seinen Besten zu schieben, der nach wie vor hart von seinem Unterleib abstand. Er tauchte in Jennys heiße Mitte ein, die Hitze ihres Inneren verschlug ihm den Atem.

„Oh, ja, jaaa, schneller!“, keuchte Jenny und feuerte ihn damit zusätzlich an. Nur wenige Male stieß Thomas in Jennys Venus vor, als beide schon laut stöhnend und ineinander verschlungen ihren Gipfel erreichten …

Zufrieden grinste Jenny ihn an.

„Das war mal wieder nötig.“ Sie lachte und schwang sich von ihm herunter.

Auch Thomas stand auf, sortierte sich und zog seine Hose wieder an.

„Du hast eine gute Wahl getroffen, Liebling.“

Jenny beugte sich vor und küsste ihn schnell auf den Mund.

„Ja, das stimmt. Ich werde ihr vielleicht tatsächlich die Hauptrolle anbieten, denn sie ist eine wirklich gute Schauspielerin. Obwohl sie ja gar nicht wegen der Rolle hier war“, warf er noch glucksend ein.

„Nein, das war sie nicht“, antwortete Jenny.

„Aber auf jeden Fall hat sie unser Liebesleben wieder in Schwung gebracht. Hoffentlich hab ich sie nicht zu sehr erschreckt. Ob wir sie noch einmal für eine weitere ‘Aktion’ engagieren können?“

„Wer weiß?“, entgegnete Thomas und gab seiner Freundin einen heißen Kuss.

Dirty Sex

Lisa Cohen

Die Luft war warm, fast schwül, und es regnete seit Stunden ununterbrochen. Es war Mitte August und der Sommer erreichte gerade seinen Zenit. Es würde nicht mehr heißer werden. Wahrscheinlich war heute der wärmste Tag des ganzen Jahres.

Durch den Regen war die Luft schwer geworden. Diese schwüle Atmosphäre regte Helenas Phantasien immer besonders an. Wenn sie den Sex im Sommer schon sehr liebte, dann mochte sie ihn noch ein bisschen mehr an Tagen wie diesem. Sie war dann so sensibilisiert für die körperliche Liebe, dass sie an nichts anders mehr denken konnte. Das Arbeiten fiel ihr schwer, denn einfach still auf dem Bürostuhl zu sitzen und abzuwarten, bis der Feierabend sie endlich erlöste, das war schlecht zu ertragen.

Ihre Nerven waren fast zum Zerreißen angespannt. In solchen Nächten schlief sie wenig, weil sie nur noch an große, pralle Männlichkeiten denken konnte, die ihren Unterleib verwöhnten. Sehnsuchtsvoll warf sie sich von rechts nach links, umfasste ungeduldig ihre Brüste, zog an den gierig aufgrichteten Nippeln und konnte ihre heiße Lust nur mit Hilfe eines stattlichen Vibrators etwas beruhigen.

Doch so ganz befriedigte sie das nicht. Es fehlte ihr zum körperlichen Glück ein Penis aus Fleisch und Blut, ein sinnlicher Mann, der sich auf sie legte, und forschende Hände, die wussten, was sie brauchte. Denn das war mehr als gewöhnlicher Sex. Das war etwas anderes, als sich zu Hause in einem Bett erotischen Phantasien hinzugeben. Und so machte sie sich auf die Suche danach …

In der zweiten Bar hatte sie gefunden, was sie wollte. Er stand am Tresen und lud sie ungefähr knapp fünf Minuten, nachdem er sie registriert hatte, zu einem Glas Sekt ein. Groß war er, kräftig, mit Händen, die ganz bestimmt zupacken konnten. Außerdem besaß er ihrer Einschätzung nach genau den Grad an Dominanz, die Bereitschaft dazu, sie zu beherrschen, die sie für ihre sexuellen Spiele benötigte. Seine dunklen Augen strahlten etwas Animalisches aus, das sie unruhig machte und gleichzeitig beruhigte.

Er schien der Richtige für ihre Phantasien zu sein. Ein Blick in seinen Schritt bestätigte ihre Ahnung. Der Mann, der sich für sie interessierte, schien gut gebaut zu sein. Nachdem sie ihm intensiv zwischen die Beine geschaut hatte, ihre Hand wie zufällig die seine berührte und sie ihre Brüste aufmunternd nach vorne schob, konnte sie ganz deutlich erkennen, wie sich die Hose über seinem Glied in einer Form spannte, die auf Großes schließen ließ.

Seine Augen blieben bewundernd in ihrem Dekolleté hängen. Sie trug wie immer, wenn sie auf der „Pirsch“

war, ein hautenges Kleid aus edlem Satinstoff, durch den sich ihre Brustwarzen pausenlos hindurchzuschießen schienen. Kein Männerauge konnte von diesem Anblick lassen.

Als sie die Bar betreten hatte, konnte sie die Blicke fast greifbar spüren. Sie war eine Frau, der man hinterhersah. Eine Frau, die eine fast agressive Erotik ausstrahlte, der sich kaum ein Mann entziehen konnte und die eine ganz bestimmte Sorte Mann auch liebend gern ausprobieren wollte. Zufrieden spürte sie, wie sich der erste Anflug von Feuchtigkeit zwischen ihren Beinen sammelte. Das Spiel nahm seinen Lauf und es überfiel sie wie immer eine erregende Nervosität, eine freudige Anspannung darüber, wie es wohl dieses Mal mit diesem Lover sein würde …

Sie waren mehr als bereit füreinander. Beide wollten schnellstmöglich Sex! Nicht mehr und nicht weniger.

Und sie wollten nicht mehr warten, bis sie bei einem von beiden zu Hause waren. Sie für ihren Teil nahm sowieso nicht gern einen Mann mit zu sich nach Hause. Das nahm dem Ganzen die Spontaneität und auch das notwendig Anonyme, um den Sex etwas extremer gestalten zu können.

Nach dem zweiten Glas Sekt waren die restlichen Hemmungen von ihnen abgefallen. Es gab nur noch den einen verbindenden Gedanken: Lust!

Er erhob sich mit einem besonders sinnlichen Blick direkt in ihre Augen, drehte sich um und ging in Richtung der Waschräume. Ganz selbstverständlich folgte sie ihm.

Er stieß eine Außentür auf, die in einen kleinen Hof führte. Erstaunt registrierte sie: Er kannte sich hier aus. In dem unübersichtlichen Hof standen überall Müllcontainer herum. Das Ganze machte einen wenig einladenden Eindruck, was die beiden jedoch nicht zu stören schien. Eher das Gegenteil war der Fall. Es war ein Ort so ganz nach ihrem Geschmack. Ein Ort, an dem man wunderbar etwas „schmutzigeren" Sex haben konnte ...

Er zog sie hinter eine Bretterwand und setzte sich auf einen Mauervorsprung, schob ihren Rock hoch und wollte ihren Slip herunterziehen, als sie ihn zurückhielt, um in ihre Tasche zu greifen. Überrascht betrachtete er die beiden groben Stricke, die sie ihm hinhielt. Aber er begriff schnell. Sie wollte von ihm gefesselt werden. Sich ihm unterwerfen. Sie wollte sich in seine Hände begeben!

Damit hatte er nicht gerechnet. Doch allein der Gedanke daran schien ihm zu gefallen. Ein wollüstiges Lächeln glitt über sein Gesicht.

„So eine bist du also. Na, so ein Spiel ist doch mal was anderes ..."

Er griff nach den Seilen, streifte sie über ihre zarten Handgelenke und befestigte die Enden links und rechts an dem stählernen Geländer, das an der Mauer entlangführte.

„So, du kleines Luder, dann schauen wir mal, was dir sonst noch so gefällt ..."

Wieder griff er nach dem Slip und zog ihn mit einem Ruck herunter. Sie stöhnte erregt und schloss die Augen. Genau so war es gut!

Er stellte ihre Beine rechts und links auf den Mauerabsatz und schob sich dazwischen. Seine Finger waren ungestüm und hatten nichts Zärtliches an sich. Genau so, wie sie es mochte.

Schnell hatte er ihre Klitoris für seine Berührungen empfänglich gemacht. Die winzige lustorientierte Stelle richtete sich auf, verdickte sich und fing an heftig zu pulsieren. Stöhnend ergab sie sich. Er sollte mit ihr alles machen, was er nur wollte. Es würde bestimmt alles richtig sein!

Er tauchte zwischen ihre Beine, umfasste beide Knöchel mit den Händen und fing an sie mit der Zunge dort zu liebkosen, wo die Lust am größten war. Ihre Knöchel waren nun wie in zwei Schraubstöcken gefangen. Sie konnte sich nicht mehr bewegen, was ihr Lustempfinden immer besonders steigerte. Der Mann, der ihr vor einer Stunde noch völlig fremd gewesen war, verwöhnte oral ihren hochsensiblen Punkt und entlockte ihr damit die sinnlichsten Töne. Nur so empfand sie wirkliche, tiefe Lust, wenn sie sich einem Mann unterwerfen durfte. Wenn er sich nahm, was er wollte, ohne dass sie etwas dagegen tun konnte …

Seine Zunge war wunderbar rau und erforschte unermüdlich ihre verborgensten Lustnerven. Tief fuhr sie dort hinein, wo es schön warm und feucht war. Die dazugehörigen Lippen pressten sich auf ihren sensibelsten

Punkt und sorgten für einen unterdrückten Lustlaut nach dem anderen.

Sie war so überfällig, so geil, dass sie bereits nach wenigen Stimulationen zu ihrem ersten Höhepunkt kam. Der fremde Mann, die Tatsache, dass sie gefesselt war, der ungewöhnliche Ort und die Möglichkeit, dass jemand sie bei diesem „schmutzigen" Sexspiel entdecken konnte, stachelte ihre Ekstase ungebremst an.

Er zog sich die Hose so weit herunter, dass sein stattliches Glied endlich freilag. Ein lauter Seufzer entfuhr ihr. Was für eine Männlichkeit! Sie war ihrer Lust angemessen. Stolz ragte der noch unbekannte Phallus in die Luft und wartete ungeduldig zuckend darauf, in sie eintauchen zu können.

Sie schob ihren Unterleib ein Stückchen weiter nach vorne und wartete vor Erregung zitternd das Eindringen dieses mächtigen Gliedes ab. Als es in sie eintauchte, schrie sie erregt auf.

Der erste Stoß war wie ein Dolchhieb. Das Glied schien in ihr noch an Umfang zuzunehmen. Sein Rhythmus setzte ihren Unterleib in Brand. Es war Ekstase pur, was sie vom ersten Moment an verspürte. Ihre leisen, spitzen Schreie erstarben jedoch abrupt, als sie hörte, wie sich eine Tür öffnete und Stimmen näher kamen …

Zwei Männer waren in den Hinterhof getreten. Die Flamme eines Feuerzeuges erhellte die Umrisse der beiden durch die Bretterwand hindurch für einen kurzen Moment. Die glühenden Zigaretten funkelten fast romantisch im tristen Halbdunkel des Hofes. Auch wenn die beiden sie wahrscheinlich nicht sehen würden, hören konnten sie sie ganz bestimmt.

Sie hielten beide den Atem an. So geil sie auch waren, entdeckt werden wollten sie nicht. Das würde nur Ärger geben und mit der geilen Nummer wäre es ganz schnell vorbei gewesen.

Ihre Beckenbewegungen verebbten langsam und sie lauschte gemeinsam mit dem Mann, der sich nun weitaus zärtlicher als noch kurz zuvor teils angstvoll, teils lüstern in ihr bewegte.

Er nickte ihr beruhigend zu und machte lautlos weiter. Sie presste ihre Lippen zusammen. Die Männer hatten es nicht eilig. Während sie sich lachend ihre sexuellen Wunschpartnerinnen des Abends offenbarten, stieß sie der Fremde zu einem lautlosen Orgasmus. Sie presste sich zuckend an ihn und biss sich auf die Hand um nicht zu schreien. Auf diese Weise verharrten sie zitternd und schwer atmend noch so lange ineinander, bis sie wieder allein waren. Was für ein supergeiles Erlebnis!

Ihre Lust aufeinander war durch diesen Akt noch nicht gestillt worden. Sie wollten es noch mal miteinander treiben. Dieses Mal ungestört.

Sie zerrte an ihren Fesseln. Wie gern hätte sie ihn jetzt berührt, aber er machte keine Anstalten, sie zu befreien. Er schien außerordentlichen Spaß an dieser ungewöhnlichen Art des Sexspiels zu haben. Seine Hände hielten nach wie vor ihre Knöchel fest umschlungen. Seine Arme öffneten ihre Schenkel noch ein bisschen mehr und er genoss den freien Blick auf ihre Scham, die sich vom ersten Akt noch nicht beruhigt hatte.

„Du bist ein geiles Stück. Verdorben und schmutzig. So mag ich es besonders gern …"

Als er sich stöhnend ein zweites Mal in sie hineinschob, schloss sie die Augen. Um ihre Lippen spielte ein selbstgefälliges Lächeln. Sie hatte ihn besiegt. Sie hatte ihn genau da, wo sie ihn hatte hinhaben wollen.

Er hatte das Gefühl, sie hätte sich ihm unterworfen, er hätte sie erobert. Dabei war es genau umgekehrt. Der Fremde spielte dieses Spiel exakt nach ihren Spielregeln, ohne es zu wissen. Er verhielt sich so, wie sie es wollte, wie es ihr gefiel, wie sie es brauchte, um befriedigt zu sein. Das verschaffte ihr den optimalen sexuellen Genuss.

So sollte es sein, wenn sie mit einem Mann schlief. Als er sich hemmungslos in ihr entlud, stieß sie einen triumphierenden Seufzer aus.

Sie kehrten wieder an den Tresen zurück, erhitzt und aufgewühlt, mit pochenden Gliedmaßen und brennenden Lippen. Zur Abkühlung tranken sie noch einen Sekt zusammen.

Wie sie es erwartet hatte, fragte er sie, ob sie sich wiedersehen würden. Sie bejahte, sagte aber nicht, wann und wo. Sie musste ihn etwas zappeln lassen. Auch das gehörte zu ihrer ganz speziellen Befriedigung dazu. Er hatte angebissen. Er würde so schnell nicht wieder abspringen, auch wenn sie ihn etwas hinhielt.

Nicht zu lange natürlich. Denn auch sie war noch immer nicht satt.

Sie hatte den richtigen Mann für den richtigen Ort gefunden. Mit ihm konnte sie genau den Sex haben, der sie glücklich machte. Schnell und obszön und ziemlich geil. Sie würde ihn wieder bekommen – in diesem Hinterhof, hinter der alten Bretterwand, zwischen all den großen Müllcontainern – gefesselt und mit der Option darauf, vielleicht doch entdeckt zu werden …

Scharfe Nachbarn

Kristel Kane

Exzessive Hausarbeit zählte seit Neustem zu der zweifelhaften Freizeitgestaltung, die sich Susanne leistete. Dies war nicht weiter verwunderlich, da sie seit knapp drei Wochen wieder Single war. Die Beziehung war in die Brüche gegangen, weil er sich einfach nicht anpassen konnte und sich mit seinem überholten Machogehabe den endgültigen Rauswurf verdient hatte.

Susannes übertriebener hausfraulicher Eifer war darauf zurückzuführen, dass sie so schnell wie möglich alle Spuren des gemeinsamen Zusammenlebens beseitigen wollte.

Die räumliche Trennung war erst einige Tage her, doch die körperliche war es wesentlich länger. Das Paar hatte bereits seit zwei Monaten keinen Sex mehr miteinander praktiziert. Hauptsächlich lag es daran, dass Susanne es nicht mehr ertrug, von Martin berührt zu werden. Den genauen Zeitpunkt, wann ihre Liebe zu ihm erkaltet war, konnte sie sogar genau benennen. Es war ihr Geburtstag gewesen. Martin hatte sich aufgeführt wie ein Patriarch und sie vor ihren Freundinnen lächerlich gemacht. Doch letztendlich waren eben diese es, die ihr den Rücken stärkten und sie bei der Durchführung der Trennung unterstützten. Susanne war froh, Martin ohne große Umstände losgeworden zu sein, dennoch war sie traurig darüber, dass sie immer noch nicht auf „Mr. Right" getroffen war. Und was ihr Sexleben betraf, lag dieses viel zu lange brach. Was würde sie nicht darum geben, endlich ein erfülltes und befriedigendes Liebesspiel erleben zu dürfen und sei es auch nur für eine Nacht? Der Vibrator war auf die Dauer auch kein echter Ersatz. Zwar verschaffte er ihrem Körper und dem sexuellen Verlangen immer rasche Befriedigung, doch konnte er ihr nicht über die tiefe innere Sehnsucht nach einem echten und potenten Partner hinweghelfen.

Susanne seufzte schwermütig bei diesen Gedanken und machte sich wieder automatisch an ihre Arbeit. Das Bügelbrett stand in ihrem Schlafzimmer und der Dampf strömte aus dem heißen Eisen. Mit Wehmut wurde ihr bewusst, dass Bügeln das einzig Heiße war, das seit Langem in diesem Raum passierte. Susanne suhlte sich in ihrem Selbstmitleid. Gedankenverloren fiel ihr Blick aus dem Fenster auf das gegenüberliegende Wohnhaus. Es gelang ihr sogar, einen Blick in das Schlafzimmer auf der anderen Seite zu werfen, da die Bewohnerin entgegen ihrer Gewohnheit die Gardinen nicht vollkommen zugezogen hatte. Der Spalt war groß genug, um sich ungeniert im Inneren des geschmackvoll eingerichteten Raumes umzusehen. Susanne bewunderte das Himmelbett aus dunklem Holz und die erotischen Bilder, die an der Wand zu erkennen waren. Die Frau, die diese Wohnung so schön eingerichtet hatte, hatte offenkundig Stil.

Während Susanne eine innerliche Lobeshymne über das Schlafzimmer sang, bemerkte sie, dass die Tür geöffnet wurde und zwei Personen ins Zimmer traten. Augenblicklich rief sich Susanne zur Ordnung und konzentrierte sich wieder auf ihre Wäsche. Was das Paar im Schlafzimmer gegenüber im Begriff war, miteinander zu treiben, ging sie nichts an. Heuchlerisch bügelte sie ein Wäschestück nach dem anderen und erwischte sich immer öfter dabei, wie sie einen zufälligen Blick zum Nachbarfenster warf. Als sie sich letztendlich an ihrem Eisen verbrannte, gab sie ihre Scheinheiligkeit auf und schlich sich vorsichtig an ihr Fenster, um eine bessere Aussicht zu bekommen. Sie wollte vermeiden, von dem Liebespaar bemerkt zu werden.

Sich selbst gegenüber rechtfertigte Susanne ihren Voyeurismus damit, dass sie die Privatsphäre der Unbekannten nicht verletzte, da diese ihre Gardine offen gelassen hatten und somit jeden an ihrem amouröses Treiben teilhaben ließen. Vermutlich war es sogar beabsichtigt, dass sie Zuschauer haben wollten. Susanne beruhigte ihr schlechtes Gewissen damit, dass sie die anderen zum Sündenbock machte. Schließlich konnte sie eigentlich gar nichts dafür, dass sie die beiden beim Sex beobachtete.

Vorsichtig hielt sie sich im Schutze ihrer Vorhänge verborgen, stets bemüht, unbemerkt zu bleiben. Ihr Beobachtungsposten erlaubte ihr einen hervorragenden Blick auf das Geschehen im Schlafzimmer der Frau. Noch war nichts allzu Aufregendes passiert. Allerdings brachte die lange Sexabstinenz Susanne dazu, durch den bloßen Anblick der beiden nackten Gestalten in Erregung versetzt zu werden.

Das unbekannte Paar war weder besonders attraktiv noch konnte man ihre Körper als sportlich bezeichnen. Es war vielmehr der Einklang, den die beiden Liebenden ausstrahlten, der so erotisch wirkte. Zärtlich fuhren die Hände über die entblößten Leiber. Wilde Küsse brachten sie zunehmend in Stimmung. Susanne hätte blind sein müssen, um seine Erektion zu übersehen.

Nach Monaten der unfreiwilligen Enthaltsamkeit versetzte der unerwartete Anblick eines voll erigierten Gliedes Susannes Unterleib in Aufruhr. Das Verlangen, endlich wieder einen potenten Partner in sich zu sprühen und das Gefühl zu erleben, wie dessen pulsierender Penis sie auf den Gipfel des Genusses treibt, brachte Susanne dazu, selbst Hand an sich zu legen. Die rechte Hand schob sich in die Freizeithose und fand rasch ihr heißes und feuchtes Ziel. Deutlich konnte sie fühlen, wie fest ihre Klitoris bereits vor Erregung geworden war und nur darauf wartete, endlich stimuliert zu werden. Mit geschicktem Fingerspiel rieb und kreiste sie über das kleine unscheinbare Organ, das die Fähigkeit besaß, ein gewaltiges Feuerwerk der Ekstase in ihrem Körper freizusetzen. Susannes Unterleib bewegte sich immer unkontrollierter. Der Atem flachte ab und mit der freien Hand krallte sie sich in den Vorhang, um Halt zu finden, während ihr Blick starr auf das sexuelle Treiben in dem gegenüberliegenden Zimmer gerichtet blieb.

Die Stimulation des Fingers und der psychologische Reiz, eine Voyeurin zu sein, gaben ihr den gewünschten Kick. Dabei zuzusehen, wie der stramme Penis im wilden Rhythmus in die Unbekannte eintauchte, bescherte Susanne den ersehnten Orgasmus.

Automatisch schlossen sich ihre Augen und sie genoss die mächtige Welle, die durch ihr Inneres lief und sie zu verschlingen schien. Susanne gönnte sich den Luxus des Solosexes, sich ausschließlich auf dieses glückselige Gefühl und sich selbst zu konzentrieren. Nach einigen Augenblicken der inneren Einkehr warf sie erneut einen neugierigen Blick auf die unzüchtigen Nachbarn.

Susanne erschrak zutiefst und schrie ihre Überraschung ängstlich heraus. War das Paar noch vor einigen Momenten mit einem vollkommen harmlosen Koitus beschäftigt, der dennoch ihr Blut in Wallung brachte, gefror eben dieses zu Eis. Mit eigenen Augen musste sie ungläubig mit ansehen, wie der Nachbar sich noch immer in der Partnerin befand und das Becken offenkundig vor und zurück bewegte. Dennoch haftete der Szene etwas Unheimliches und Bedrohliches an. Er hatte beide Hände um ihren Hals gelegt und drückte diesen offenbar zu.

Susanne war außer sich und wusste in der ersten Schrecksekunde nicht, wie sie reagieren sollte. Rasch rannte sie aus dem Schlaf- ins Wohnzimmer und griff nach dem Hörer des Telefons. Mit diesem in der Hand rannte sie sofort zurück zu ihrem Beobachtungsposten.

Auf dem Weg griff sie geistesgegenwärtig einen Apfel aus der Obstschale.

Während sie die Polizei verständigte und Meldung über ihre ungeheuerliche Entdeckung machte, warf sie in ihrer Verzweiflung den Apfel mit voller Wucht gegen die Schlafzimmerscheibe. Innerlich betete sie, auf diese Weise den Täter von seinem Vorhaben abzubringen. Mit einem lauten Knall zerplatze die Frucht an der Glasfront und brachte den erhofften Erfolg.

Erleichtert teilte Susanne der Polizei mit, dass der Täter von seinem Opfer abgelassen habe und sich irritiert zur Glasscheibe begeben hätte. Als er zu ihr rübersah, duckte die junge Frau sich augenblicklich und hoffte inständigst, dass er sie nicht erkannt hatte.

Mit aufgeregtem Herzklopfen hörte sie die schrillen Sirenen des versprochenen Einsatzwagens rasch näher kommen. Glücklicherweise hatten sich zwei Fahrzeuge in der Nähe ihres Wohnhauses befunden, so dass diese unmittelbar nach Eingang des Notrufes am Tatort erscheinen konnten.

Übers Telefon hatte sie der Dame in der Zentrale beschrieben, um welches Fenster es sich handelte. Das ermöglichte den Polizisten, die betroffenen Personen ausfindig zu machen.

Susanne konnte nicht erkennen, was nebenan vor sich ging. Sie selbst wurde in ihrer Wohnung von einem anderen Polizisten verhört und teilte ihm ihre zufälligen Beobachtungen mit. Aus Scham verschwieg sie, dass sie sich des Voyeurismus schuldig gemacht und den heißen

Sex der beiden zum Onanieren genutzt hatte. Susanne war der Meinung, dass dieses Geständnis nichts mit dem Tatbestand der versuchten Tötung der Nachbarin zu tun hatte. Vor Aufregung zitternd nahm sie ein Schluck Whiskey.

Eifrig machte sich der junge Polizist während ihrer Aussage Notizen und wurde plötzlich von seinem Kollegen über Funk unterbrochen.

Susanne verschluckte sich fast an ihrem gehaltvollen Getränk, als der Ordnungshüter unerwartet herzhaft lachte.

Irritiert und mit dem Gefühl, verhöhnt zu werden, blickte sie den Uniformierten an. Susanne konnte nichts Lachhaftes an der beänstigenden Situation erkennen und äußerte dieses auch.

Nur mühsam beruhigte sich der junge Beamte wieder und versuchte einen möglichst ernsten Gesichtsausdruck aufzusetzen.

„Bitte, verzeihen Sie mir. Ich lache nicht über Sie und möchte Ihnen nochmals bestätigen, dass Sie hervorragend gehandelt haben. Ich rechne Ihnen Ihre Zivilcourage hoch an. Doch werden Sie zugeben müssen, dass das, was ich Ihnen gleich erzählen werde, doch unter den gegebenen Umständen etwas Amüsantes hat."

Erwartungsvoll blickte Susanne ihn an und verstand nicht, worauf er hinauswollte. Mit einem Räuspern versuchte er das delikate Gespräch zu beginnen.

„Sagt Ihnen der Begriff 'Atemkontrolle' etwas?"

Stumm schüttelte Susanne den Kopf.

Diese Reaktion hatte er befürchtet und setzte zu einer Erklärung an.

„Das, was Sie beobachtet haben, war ein einvernämliches Spiel zwischen den beiden Partnern. Im BDSM-Bereich wird die Sauerstoffregulierung dazu genutzt, um sich gegenseitig zu stimulieren. Der devote Partner zieht seinen Lustgewinn aus dem Ausgeliefertsein gegenüber dem dominanten. Und dieser wird durch das Gefühl der Macht erregt. Was Sie beobachtet haben, war zwar eine etwas extremere Form, aber dennoch nicht so ungewöhnlich. Trotzdem haben Sie absolut das Richtige getan, uns zu alarmieren. So wie Sie es geschildert haben, konnte niemand davon ausgehen, dass es sich um ein harmloses Sexspielchen handelte. Insbesondere, da die beiden vollkommen nackt waren und so nichts auf ihre BDSM-Neigung hindeuten konnte."

Mit diesen Worten ließ er sie allein.

Susanne war diese unerwartete Wendung eine Lehre. Sie wollte nicht mehr länger zusehen, sondern sich endlich wieder auf die Suche nach einem vernünftigen Partner machen. Dieses Erlebnis würde sie zukünftig mit Sicherheit davon abhalten, wieder in fremde Schlafzimmer zu gucken.

Überraschung mit Folgen

Annett Bedford

Lennard Kramer. Zärtlich strich ich mit den Fingerspitzen über das Klingelschild meines Freundes. Wir waren schon seit ein paar Jahren zusammen, er selbstständiger Werber mit zunehmendem Erfolg, ich wissenschaftliche Mitarbeiterin an der Universität unserer Stadt. Wir passten toll zusammen, hatten in unserer Freizeit viel Spaß, stritten uns auch mal, dass die Fetzen flogen. Aber das gehört ja wohl zu jeder gut funktionierenden Partnerschaft dazu.

Nun stand ich vor der Tür seines neuen Häuschens, das er vor nicht allzu langer Zeit erst bezogen hatte. Er war zu Hause, sein schicker BMW vor der Garage. Ich freute mich so, ihn zu sehen. Die Fortbildung, an der ich seit über einer Woche teilgenommen hatte, war einen Tag früher als geplant zu Ende gegangen. Nun wollte ich Lenni mit einer gut gekühlten Flasche Champagner und frischen Erdbeeren im Gepäck überraschen. Zum Glück brauchte ich nicht zu klingeln, denn ich hatte, von Lenni unbemerkt, einen der zahlreichen Ersatzschlüssel eingesteckt. Eigentlich wollte ich es ihm gleich erzählen, doch bis heute hatte ich den Schlüssel nie benutzt und irgendwann vergessen, es zu erwähnen.

Ob er noch schlief? Manchmal arbeitete mein Freund bis tief in die Nacht, da war es nur recht und billig, dass er sich bis zum Mittag ausruhte. Leise steckte ich den Schlüssel ins Schloss und öffnete die Tür.

Es war still im Flur. Vorsichtig zog ich meine Schuhe aus und schlüpfte aus meiner dünnen Sommerjacke. Auf Zehenspitzen schlich ich ins Wohnzimmer. Wie vermutet, lag hier alles noch im Dunkel der heruntergelassenen Rollläden. Ich begab mich zur Treppe und stieg in den ersten Stock, wo sich Lennis Schlafzimmer befand. Oh, ich wollte ihn richtig überraschen! Unter meinem Kleid trug ich ein sündhaft teures Dessous, das ich mir während der Fortbildung gegönnt hatte. Damit würde ich unter seine Bettdecke schlüpfen und dann … Leise ging ich ins Bad und zog dort mein Kleid und meine Nylonstrümpfe aus. Als ich mich Lennis Schlafzimmertür näherte, hörte ich auf einmal leises Stöhnen. Auf eine ganz bestimmte, alle anderen Möglichkeiten ausschließende Art und Weise. Was ging da vor? War Lenni etwa nicht allein? Unmöglich … mein Lenni! Nun hörte ich sehr deutlich eine leise Frauenstimme.

„Oh, Lenni, jaaa, dort musst du mich anfassen, ohhhh!"

Mein Herz begann zu rasen. Mein Freund betrog mich – eindeutig! Nun hörte ich auch Lennis Stöhnen, unverkennbar seine Stimme. Dass er nicht gerade ein Kind von Traurigkeit war und jede Flirtgelegenheit mitnahm, die sich ihm bot, hatte ich schon lange registriert. Aber das hier …

Ein Kloß klemmte plötzlich in meinem Hals, doch zu meinem eigenen Erstaunen spürte ich, dass mich diese unschöne Situation auch antörnte. Hier stand ich, fast nackt, in einem wirklich heißen sexy Dessous, vor der Schlafzimmertür meines Freundes, und musste mit anhören, wie Lenni sich geschickt an einer fremden Frau zu schaffen machte. In meinem Unterleib zog es süß und prickelnd. Unerhört! Doch was sollte ich tun? Die Frau stöhnte animierender, als ich es je in einem Porno gehört hatte. Ihr zuzuhören beschleunigte auch meinen Puls. Erstaunlich! Eigentlich hätte ich wütend ins Zimmer stürmen und den beiden eine Riesenszene machen müssen – doch ich tat es nicht.

So langsam und vorsichtig wie möglich öffnete ich die Tür einen kleinen Spalt. Da das Haus noch abgedunkelt war, fiel kaum Licht ins Zimmer. Ich hatte einen direkten Blick auf Lennis Spielwiese.

Eine schlanke Frau lag vor Lenni auf dem Bett. Sie war wunderschön! Ihr Körper hatte Kurven an den richtigen Stellen und ihre dunklen Locken mussten ihr fast bis zur Taille gehen. Da Lenni gerade mit seinem Kopf in ihrem Schoß zugange war, sah ich von der Fremden fast alles. Im Halbdunkel erkannte ich ihre runden festen Brüste mit den großen Nippeln, die sich steil aufrichteten. Sie stöhnte lauter und schneller, schien kurz vor ihrem Höhepunkt zu sein. In mir wurde Geilheit wach. Trotz dieser schockierenden Erkenntnis, betrogen zu werden, hätte ich mich am liebsten zwischen die beiden gelegt und mitgemischt. Doch das traute ich mich nicht. Als ich einen Schritt zurückging, fühlte ich Feuchtigkeit in meinem Schritt. Auch ich hätte jetzt nur zu gern mit meinem Freund geschlafen.

Zwischen meine aufkeimende Lust mischte sich Wut und potenzierte mein Verlangen noch. Das machte er also, wenn ich nicht da war! Gut zu wissen! Ich schlich zurück ins Bad. Gerade griff ich nach meinen Klamotten, da ging es im Schlafzimmer meines Freundes richtig zur Sache. Die beiden gaben ordentlich Gas. Völlig planlos und nur meinen Instinkten folgend, ließ ich meine Hand zwischen meine Beine gleiten und begann mich zu massieren. Ich war so heiß, dass ich sehr schnell mit unterdrücktem Stöhnen kam. Das entspannte mich ein wenig. Was war zu tun? Sollte ich bleiben? Nein. Ich entschied mich, erst einmal wieder das Haus zu verlassen.

Verwirrt saß ich kurz darauf in meinem Leihwagen und versuchte einen klaren Gedanken zu fassen. Nach einer viertel Stunde öffnete sich Lennis Haustür und seine Bettgespielin trat heraus. Das Schäferstündchen war ja zu einem abrupten Ende gekommen! Beinahe zeitgleich fuhr ein Taxi vor und hielt. Die Schöne stieg ein. Ohne lange zu überlegen, ließ ich den Wagen an und folgte dem Taxi. Die Fahrt ging in ein anderes Stadtviertel und endete nach zehn Minuten vor einem großen villenähnlichen Haus in einer noblen Gegend. Dort stieg sie aus, bezahlte und ging auf das Anwesen zu. So. Was nun? Grübelnd saß ich da, hin- und hergerissen zwischen dem Wunsch, an ihrer Tür zu klingeln und ihr ein paar Ohrfeigen zu verpassen oder zurück zu Lenni zu fahren und ihm die Hölle heiß zu machen. Doch konnte ich ihr wirklich die Schuld geben? Wer wusste schon, was Lenni ihr erzählt hatte und ob sie überhaupt in dem Bewusstsein mit ihm geschlafen hatte, dass er eigentlich vergeben war? Vielleicht hatte sie ihm scharfe Avancen gemacht und er konnte ihr irgendwann nicht mehr widerstehen? Sie sah wirklich toll aus, das musste ich zornig zugeben. In meiner Verzweiflung fiel mir die Flasche Champagner ein, die ich dabeihatte. Die konnte ich genauso gut hier und allein trinken! Und dann mit einem Taxi nach Hause fahren. In vino veritas, oder?

Mit einem ordentlichen Schwips konnten mir vielleicht die richtigen Ideen kommen, wie es weitergehen sollte. Ich brauchte nicht lange, bis ich einen im Kahn hatte. Allein im Auto eine Flasche Champagner zu killen, das hatte ich vorher noch nie gemacht. Trotz allen Kummers schmeckte er köstlich! Mit meinem Schwips wurde ich mutiger. Ich entschied mich dazu, die Dame des Hauses direkt zur Rede zu stellen. Entschlossen stieg ich aus – oh ha!

Der Boden kam mir etwas entgegen. Nach ein paar tiefen Atemzügen hatte ich mich wieder unter Kontrolle. Schnurstracks ging ich auf das Haus zu und klingelte. Was wollte ich überhaupt sagen? Ach, egal! Das würde sich zeigen. Es dauerte eine ganze Weile, bis sich die Tür öffnete. Anscheinend hatte die Lady gerade ein Bad genommen, denn sie stand in einem äußerst sexy Seidenmantel vor mir. Ihre Haare hatte sie hochgesteckt, das Gesicht war leicht gerötet. Sie hatte leicht schräg stehende Augen mit einem herrlich sinnlichen Blick.

„Ja, bitte?" Eine schmale Hand schloss sich um den Kragen ihres Mantels und hielt ihn fest geschlossen.

„Ich möchte mit Ihnen reden", sagte ich streng. „Darf ich hereinkommen?"

„Äh – wer sind Sie noch, sagten Sie?" Ihre Stimme bekam einen leicht arroganten Klang.

„Mein Name ist unwichtig. Es geht um Lenni. Dieser Name sagt Ihnen doch was – oder?"

Ich zog, ebenfalls etwas arrogant, eine Augenbraue hoch.

„Oh!" Überrascht trat sie zur Seite und ließ mich tatsächlich herein. Trotz aller Überrumpelung schien sie ganz Herrin der Lage zu sein. Nonchalant deutete sie an, ich solle ihr folgen. Das Haus war riesig! Reinster Jugendstil, hohe Decken, große Flügeltüren, kurz gesagt: mein Traum. Ich ging hinter der Frau her in einen salonähnlichen Raum.

„Setzen Sie sich." Sie zeigte auf eine Chaiselongue, ebenfalls Jugendstil.

„Sie sind Lennis … Freundin?"

Sie griff in eine kleine Kiste, zündete sich einen schmalen Zigarillo an und rauchte. Ich rauche nicht, musste aber zugeben, dass es ihr sehr gut stand und ihr einen verruchten sexy Touch verlieh.

„Wie haben Sie es herausgefunden?"

„Also, eigentlich stelle ich hier die Fragen."

Ich versuchte, das Gespräch an mich zu reißen und wütend zu klingen.

„Wie lange geht das schon und woher kennen Sie sich?“

„Über meinen Mann. Er hat Lenni einen Auftrag mit enormem Etat zukommen lassen. Das war vor …, Sie wollen es sicher genau wissen.“

Ihre Stimme bekam einen ironischen Klang.

„Ich glaube, vor vier Monaten.“

Vier Monate! Lenni hatte mich schön an der Nase herumgeführt. Dieser Schweinehund! Ich wollte ihm eine Lektion erteilen. Mit meinem Chamapgnerkopf beschloss ich, ihm heimzuzahlen, was er mir angetan hatte. Dazu wechselte ich die Gesprächstaktik.

„Sie scheinen hier häufig allein zu sein. In so einem großen Haus langweilt man sich bestimmt schnell …“

Mein Gegenüber biss sofort an. Klar, das war der richtige Hebel. Sie bestätigte ein Klischee: Eine hübsche, junge, häufig sich selbst überlassene Frau eines reichen Schwerbeschäftigten, der ständig unterwegs war, hatte sich einen knackigen Lover geangelt. Zum Zeitvertreib.

„Ach, wissen Sie, dafür fehlt es mir an nichts. Mein Mann verdient sehr gut.“

Sie schlug plötzlich einen beinahe freundschaftlichen Ton an. Auch so ein unwillkommener Gast wie ich brachte anscheinend etwas Schwung in ihr luxuriösödes Dasein.

„Wollen Sie sich das Haus einmal anschauen?“

Ich nickte. Schwer beeindruckt ließ ich mir von ihr ein Zimmer nach dem anderen zeigen. Im Schlafzimmer angekommen, sahen wir uns einem mannshohen Spiegel gegenüber. Sie, die zierliche atemberaubende Sexbombe, ich, der eher schlaksige spröde Typ, etwas größer als sie.

Unsere Blicke trafen sich. Jetzt oder nie! Ich trat hinter die schöne Frau und legte meine Hände sanft auf ihre Schultern. Champagner sei Dank, traute ich mich.

Aber ich musste vor mir selbst auch zugeben, dass ich plötzlich richtiggehend scharf war auf diese neue Erfahrung. Die Frau sagte nichts, schob meine Hände auch nicht zur Seite. Sachte zog ich ihren Seidenmantel auseinander, der sofort über ihre schmalen Schultern glitt und zu Boden fiel. Mein Atem ging schneller. Im Spiegel sah ich dieselbe entzückende nackte Frau wie bei meinem Freund im Bett. Ihr Busen hob und senkte sich schneller. Auch sie war bereit für das, was jetzt folgte. Ich fuhr mit beiden Händen zart über ihre Brüste. Ihre Brustwarzen stellten sich augenblicklich auf und ihrer Kehle entwich ein leichtes Stöhnen. Ihr Kopf fiel genießerisch zur Seite, sie schloss die Augen und ließ mich gewähren.

Mit meinen Händen fuhr ich über diesen kurvigen heißen Körper, streichelte sanft über ihren Bauch und konnte es nicht lassen, mich vorzubeugen und ihre milchige Halsbeuge zu küssen. Ich umarmte sie von hinten, ließ meine Hände in ihren Schoß gleiten. Im Spiegel sah ich zu, wie meine Finger über ihre Scham glitten. Sie öffnete leicht den Mund, um lauter zu stöhnen. Ihre erhabene Klitoris unter meinen Fingerspitzen fühlte sich geil an. Ich begann sie langsam zu massieren. Die Frau im Spiegel biss sich auf die Unterlippe. Als ich das Tempo erhöhte, keuchte sie ein heiseres „Jahhh, ouhhh, schneller!"

Dieses sehr animierende Stöhnen hatte ich heute schon mal gehört ... Auch in meinem Schritt tat sich was. Es zog und prickelte und wurde feucht. Plötzlich schlug die Frau ihre Augen auf und japste sich selbst im Spiegel zu, als ich mit einem Finger in ihre heiße Mitte vordrang. Sie stieß mich weg, meine Finger glitten wieder heraus. Dann drehte sie sich um und gab mir einen groben Stoß. Ich flog rückwärts auf das riesige Ehebett und verfolgte gespannt und stoßweise atmend, wie die Fremde über mich kam, mir wild das Kleid vom Körper riss, einen entzückten Schrei ausstieß, als sie mein scharfes Dessous sah, und sich dann, nackt wie sie war, komplett auf mich legte.

Außer einem Zungenkuss mit einer Freundin in Sauflaune war das mein erster sexueller Kontakt mit einer Frau. Ihre weichen vollen Lippen landeten auf meinen, ihre Zunge verschaffte sich Eintritt in meinen Mund. Sie konnte küssen, oh, là, là! Mir verging Hören und Sehen. Ihre Hände nestelten nebenbei an meinem Body herum und schoben die Träger über meine Schultern. Dann glitt sie mit ihren Lippen an meinem Hals entlang Richtung Busen. Dort war ich sehr empfindlich! Bei der ersten

Berührung ihrer Lippen mit meinen Brustwarzen musste ich sofort losstöhnen. Wie ein Blitz zuckte es in meinem Unterleib. Aber auch ich wollte sie spüren. Meine Hände liebkosten ihre Rückseite, kneteten ihren Po und entlockten auch ihr erneut lautes Stöhnen. Sie rutschte mit ihrem Mund meinen Körper entlang, saugte hier und leckte da und traf schließlich auf mein Lustzentrum. Ungeduldig zerrte sie an meinem Body – ratsch! Das schöne Stück!

„Ich kaufe dir einen neuen“, murmelte sie heiser und glitt mit ihrem Mund an meine feuchte Venus heran.

Als ihre Zungenspitze meine Perle traf, schrie ich begeistert auf. Ganz vorsichtig schlossen sich ihre Lippen um meine Klit und saugten zart. Wollüstig krallte ich meine Finger in die weiche Bettdeckte, keuchte und stöhnte. Sie ließ nicht von mir ab, massierte, saugte und küsste, bis ich meinen Höhepunkt wie ein Donnergrollen auf mich zurasen spürte. Ich kann mich nicht erinnern, bei einem Orgasmus je so laut und lang anhaltend geschrien zu haben. Sie, meine unbekannte Bettgepielin, hatte es wirklich drauf! Japsend und nach Luft ringend lag ich unter ihr.

„Tessi, Darling! Was ist denn hier los?“ Eine distinguierte erstaunte Männerstimme ließ mich zu Eis erstarren. Die Frau über mir wandte ihren Kopf Richtung Stimme.

„Oh, Carlos! Du bist schon zurück?“ Offensichtlich noch jemand, der seinen Partner überraschen wollte und mit jemand Fremdem im Bett erwischte. Was für ein Tag!

Der gut aussehende Mann reagierte äußerst cool, wesentlich cooler, als ich es getan hatte. Er machte das, was auch ich in Lennis Haus hätte tun sollen. Er zog sich aus.

„Lasst euch nicht stören, meine Schönen. Ich werde ein bisschen mitmischen – wenn ich darf."

Ohne eine Antwort abzuwarten, beugte er sich über den schönen Rücken seiner Frau und küsste diesen. Tessi seufzte und begann bald darauf zu stöhnen, als sich Carlos mit seinen Lippen ihrem Po näherte. Gut, dachte ich bei mir, dann ist eben noch ihr Mann mit von der Partie. Mein Schamgefühl war komplett der Wollust gewichen. Inzwischen war mir alles egal. Ich wollte mehr!

Tessi drückte ihren Rücken durch und streckte Carlos ihren Po entgegen. Erst lag ich wie betäubt unter der Frau, die mir wieder einen äußerst erregenden Anblick bot. Ihre festen Brüste mit den steifen Spitzen baumelten über mir, ihre Beine waren leicht gespreizt, sie hatte sich auf den Knien abgestützt. Ihre Venus schimmerte feucht. Während Carlos weiter an Tessis Po zugange war, drehte ich mich so, dass ich mit meinem Kopf verkehrt herum zwischen Tessis Beinen zu liegen kam. Ich stützte mich leicht auf den Unterarmen ab und erreichte mit meinen Lippen direkt Tessis Klitoris.

Mit ausgestreckter Zunge glitt ich darüber und roch zum ersten Mal in meinem Leben das süße und betörende Aroma einer liebesbereiten Frau. Meine Lust erwachte zu neuem Leben.

Carlos wusste genau, wie er den Po seiner Tessi verwöhnen musste, um ihr die schönsten Liebeslaute zu entlocken, und meine Zungenmassage ließ sie zusätzlich völlig abheben. Mit meiner Zungenspitze glitt ich vor und zurück und musste vor lauter Gier mitstöhnen, als Tess mit lauten Ja-Rufen ihren Gipfel erreichte. Gleich darauf tauchte Carlos seinen stattlichen Penis in die heiße Mitte seiner Frau und sorgte dafür, dass Tessi gleich noch einmal kam. Ich beobachtete die beiden keuchend und konnte meine Finger nicht stillhalten. So heftig hatte ich noch nie meine eigene Klit bearbeitet. Doch ich kam noch nicht. Carlos ließ von seiner Frau ab, auch er war noch nicht ganz am Ziel. Der Mann musste ein enormes Stehvermögen haben! Er kam auf mich zu, setzte sich direkt neben mich und lehnte sich gegen die Wand. Dann zog er mich auf seinen Schoß und versank in mir.

Oh, das war scharf! Carlos' Bester war von beachtlichem Umfang. Wir stöhnten beide auf, als er meine Hüfte mit seinen kräftigen Händen vor und zurück schob. Meine Klit rieb sich an seinem Unterleib. Mir schwanden fast die Sinne, ich war außer mir vor Geilheit, schlief mit diesem Fremden und keuchte mir die Seele aus dem Leib.

„Oh, ja, du kleines Luder, jetzt bist du dran", hechelte Carlos noch rau, als ich erneut zum Orgasmus kam.

Bei ihm war es ebenfalls so weit: Laut stöhnend ergoss er sich in mir …

Meine Rache war perfekt! Würde ich Lenni davon berichten? Ich wusste es nicht. Klar war, dass er seinen Ersatzschlüssel zurückbekommen würde. Wir hatten nun beide unsere kleinen „Geheimnisse“.

Auf Tessi würde ich ihn nie ansprechen, so viel stand fest. Ob ich mir eine weitere Zukunft mit Lenni vorstellen konnte? Wohl eher nicht. Aber eins war sicher: Ohne meinen Freund in flagranti erwischt zu haben, wäre mir viel entgangen. Ich würde Tessi wiedersehen. Tessi und ihren Mann Carlos, mit denen ich die schärfsten Stunden meines Lebens verbracht hatte …